KB102515

미국 선생님 된 한국 아줌마

미국 선생님 된 한국 아줌마

펴낸날 초판 1쇄 2014년 12월 20일

지은이 김정희
펴낸이 서용순
펴낸곳 이지출판

출판등록 1997년 9월 10일 제300-2005-156호
주 소 110-350 서울시 종로구 율곡로6길 36 월드오피스텔 903호
대표전화 02-743-7661 팩스 02-743-7621
이메일 easy7661@naver.com
디자인 박성현
인 쇄 (주)꽃피는청춘

값 13,000원

ISBN 979-11-5555-026-7 03800

※ 잘못 만들어진 책은 바꿔 드립니다.

이 도서의 국립중앙도서관 출판예정도서목록(CIP)은 서지정보유통지원시스템 홈페이지(http://seoji.nl.go.kr)와 국가자료공동목록시스템(http://www.nl.go.kr/kolisnet)에서 이용하실 수 있습니다.(CIP제어번호: CIP2014035823)

슈퍼 긍정 한국 아줌마 김정희의 아름다운 도전 이야기

미쿡 선생님 된 한국 아줌마

이지출판

시작하는 글

나는 미국 유학 경험도 없이
나이 마흔에 미국에 와서 12년째
공립 초등학교 교사로 일하고 있는 두 딸의 엄마다.
무식하면 용감하다고 했던가.
영어를 유창하게 하고 싶어서 아무것도 모르고 도전한
교사자격증 코스를 밟으면서부터 정식교사가 되기까지,
그리고 12년이 지난 지금도 이어지는 실수담들을
여러분과 나누고 싶은 마음에서 이 글을 쓰게 되었다.
선뜻 내어놓기 부끄러운 경험들을 통해
여러분에게 미소와 약간의 도전정신을 선사할 수 있다면
더할 나위 없는 보람이 될 것 같다.

나는 1960년 서울에서 태어나
대학에서 교육심리학을 공부하고
윤리교사 자격증을 취득했지만,
교사가 되는 데는 뜻이 없어서 미국 회사에서 일을 시작했다.
5년간의 회사 생활에서의 경험은 힘들기도 했지만
많은 추억들을 만들어 주었다.

지금까지도 그때 그 사람들과 만남을 유지하고 있는 것을 보면
그때의 좋은 경험들이
나의 일에 대한 동경의 밑거름이 되었던 듯싶다.
싱가포르에서 보낸 5년간의 전업주부로서의 생활은
작은딸의 출생과 함께 큰딸에게도 못다 했던
엄마 역할을 충실히 할 수 있게 했다.
하지만 여전히 다시 직장으로 복귀하고 싶은 생각이
내 마음을 떠나지 않았다.
'공이 오면 언제나 잡을 준비를 하라' 고 조언해 준
상사 언니의 말씀을 가슴에 새기며
틈틈이 컴퓨터와 영어 공부를 했다.
그 덕분인지 한국에 돌아와서
어렵게 영국 회사의 사장 비서로 들어가게 되었다.
그런데 다시 5년 후에 미국으로 가게 되었다.
종합상사에 다니는 남편의 일 때문에
내 인생은 5년 단위로 변화한 것 같다.

1999년 미국에 왔을 때 나는 MBA를 하고 싶었다.
인사부 쪽의 일을 공부한 후 한국에 돌아가면

그 방면의 일을 본격적으로 하고 싶은 욕심이 있었던 것이다.
하지만 집 근처에 있는 성인학교에서 공부를 하던 중
단순한 무역영어에만 익숙해 있던 나는
교사자격증 코스(Teaching Credential)에 유혹을 느끼게 되었다.
보다 살아 있는 영어를 능숙하게 하고 싶다는 욕심이
이 미국 교사자격증 코스를 밟고 싶다는 바람으로
구체화되어 집 가까운 곳에 있는
캘리포니아 롱비치 주립대학교
(California State University, Long Beach : CSULB) 대학원
교사자격증 과정을 시작하게 되었다.

토플(TOEFL)을 보고 한국 대학에서 온 성적표를 번역해서
신청을 하고는 2000년 가을부터 수업을 받기 시작했다.
2년여에 걸쳐 교생실습을 포함한 모든 코스를 마치고
졸업을 하게 되었을 때는 정말 감회가 새로웠다.
부족한 엄마, 아내의 자리를 참아 준
어린 두 딸과 남편에게도 감사했고,
말도 서툴고 나이 든 학생을 기죽이지 않고
키워 준 학교에도 감사했다.

하지만 정작 문제는 졸업이 아니라 취업이었다.
많은 실패 경험 끝에 2003년 가을에 지금까지 몸담고 있는
이 학교에 정식으로 취직이 되었을 때는 정말 뛸 듯이 기뻤다.
일 년여 간의 대리교사(Substitute teacher : 임시교사)
생활도 고단했고,
여러 가지 열등한 조건을 가진 내가
과연 영구직 취업을 할 수 있을까 하는 불안감으로
마음이 몹시 괴로웠기 때문이다.

그 후 12년이 지난 지금,
기억에 또렷이 남아 있는 실수 경험들과
새롭게 알아가는 문화적 차이들을
부끄럽지만 당당하게 여러분과 나누고 싶은 이유는,
'하면 된다' 는 평범한 진리를 입증하고 싶은 마음과
안 되면 적어도 노력은 해봤다는 후회 없는 삶에 대한
도전적인 자세가 필요하다는 생각에서다.
부족한 글솜씨를 이해해 주시고 많은 격려 부탁드리고 싶다.

2014년 12월

김 정 희

Contents 

story _ 02

교사자격증 취득 후의 불안한 나날들

story _ 03

정식교사로서의 첫 출발

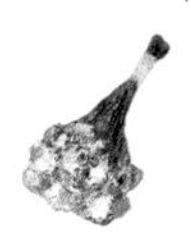

story _ 04

12년째 교사로 살아가기

story _ 05

정신적 버팀목, 나의 신앙생활

story _ 06

내 삶의 주인공들

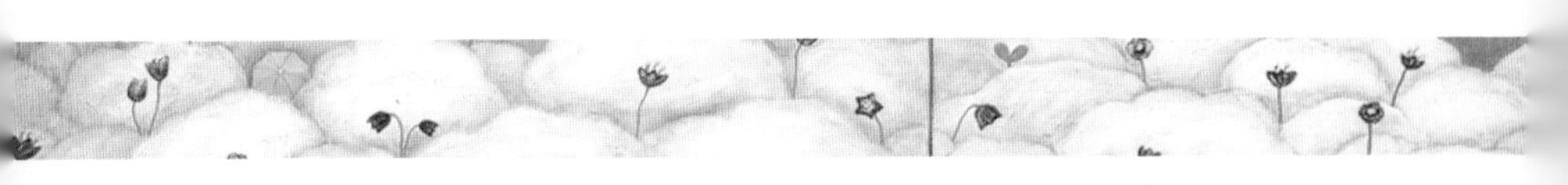

story _ 01

배움에의 열망

story _ 01

남편을 따라
16년 전
미국 땅에 오다

1998년 12월은 내 생애에서 가장 기억하고 싶은 기쁜 달이다. 남편이 회사에서 승진을 했고 또 미국 지사로 발령이 났으며, 난 힘들었던 2년의 시댁살이를 마감하고 두 딸과 함께 미지의 세계에 대한 희망과 떨림으로 흥분되어 있었다.

두 달 후, 초등학교 5학년과 2학년이던 두 딸의 손을 잡고 한 달 전 미리 와서 일을 하고 있던 남편과 로스앤젤레스 동남부에 있는 동양인(한국, 중국, 필리핀)이 많이 사는 세리토스(Cerritos)라는 도시에 둥지를 틀었다.

아파트 생활에만 익숙해 있던 내게 1층 혹은 2층짜리 집들이 평화롭게 들어서 있고 곳곳에 공원이 있는 이 도시에 익숙해지는 데는 시간이 필요했다. 특히 차고 옆으로 난 쪽문으로 불쑥 들어와 잔디를 깎고 가는 멕시코 정원사들은 나를 깜짝 놀라게 했고, 총을 자유롭게 소지할 수 있는 나라라는 생각은 나를 무섭게 만들었다.

남편이 늦게 오거나 출장을 갈 때는 더욱 겁이 났다. 그래서 몇 달 후 아파트로 이사를 하자고 조르기도 했다. 그때마다 남편은 "미국은 단독주택에서 사는 게 더 좋은 생활이야. 조금 있으면 익숙해질 거야" 하고 다독이곤 했다.

아이들 학교는 다행히도 집에서 걸어갈 수 있는 거리에 있었고 반 이상이 동양인이라 적응하기가 수월한 듯했다. 큰딸은 싱가포르에서 1학년을 다닌 덕분에 영어를 잊지 않고 있었고 수학을 잘하는 편이어서 첫날부터 기죽지 않고 기선을 제압했다고 신이 났지만, 영어를 모르는 작은딸은 많이 힘들어 했다.

잘 놀다가도 일요일 저녁이면 우울해하고 배가 아프다고 투정을 부리곤 했는데, 그 증상이 스트레스로 인해 학교 가기 싫은 이유에서 온 것이라는 걸 나중에 알게 되었다. 그래서 딸의 기를 살려 주고 싶어서 학급 자원봉사를 하기로 했다. 선생님을 도와 숙제물을 복사하기도 하고 아이들 소풍 갈 때 따라가기도 하면서.

그러던 중 나를 놀라게 한 사건이 있었다. 하루는 소풍을 동네에 있는 예술극장으로 유명한 댄스공연을 보러 가게 되었다. 초등학교 3학년 아이들을 한 줄로 세워 20분가량 걸어야 갈 수 있는 그곳으로 가고 있는데 한 학생이 코피를 흘리기 시작했다. 나는 너무 놀라기도 했고 부모로서의 보호 본능이 작동하여 내 옷으로 코피를 닦아 주려 했다.

그런데 그 순간 담임선생님이 만지지 말라고 소리를 지르면서 동네 사람에게 휴지를 얻어다가 나에게 주는 것이었다.

담임선생님의 냉정함에 소름이 돋았다. 미국 사람들은 '겉 다르고 속 다른가' 싶었다. 나는 너무 놀라서 맨손으로 코피를 닦아 주려 했을 뿐인데, 공연을 관람한 후 학교에 돌아온 내게 양호실로 아이를 데려가 보고서를 쓰고 서명을 하라고 했을 때 그들의 냉정함에 다시 한 번 놀라고 실망했다.

그런데 나중에 교사자격증 공부를 하면서 그 이유를 알았다. 피나 침을 직접 만지면 병원균이 옮겨질 수도 있기 때문이었다. 지금은 나도 학생들이 코피가 나면 휴지를 주고 안정을 시킨 다음 양호실로 보낸다. 기침할 때도 손으로 입을 막지 말고 고개를 돌리고 옷을 입은 팔로 입을 가리고 기침을 하도록 가르친다. 손을 통해 병균이 옮겨지는 것을 막기 위해서다.

2001년 둘째딸 정화의 4학년 교실에서.
4주 동안 일주일에 한 번씩 두 시간 정도 아이들 전체를 가르쳐 본 경험은
훗날 교사가 되고자 하는 열망을 갖게 했다.

또 눈이 충혈되거나 몸에 가려운 증세가 있을 때, 열이 날 때는 즉시 양호실로 보낸다. 간호사의 판단을 들은 후 집에 연락해서 병원으로 보내도록 조치하기 위해서다.

어쨌든 그때 받은 놀라운 문화적 차이가 지금도 생생히 가슴에 남아 있다.

성인학교(Adult School)에서 배움에의 열망을 해소하다

두 아이가 학교에 적응되어 갈 즈음에
동네 아주머니로부터 성인학교에 대한
이야기를 듣고 등록을 하러 갔다.
무료로 친절한 선생님들이 학생들 수준에 맞게
여러 과목을 가르쳐 준다니 웬 횡재냐 싶었다.
싱가포르에 살 때 영어를 더 배우고 싶어
학원에 다니고 싶었는데 학원비가
너무 비싸서 포기했던 기억도 되살아났다.
간단한 배치 시험을 보고 나서 일 년 동안
영어회화, 작문, 컴퓨터, 신문사설, 시사영어 등을

정말 재미있게 감사해하며 배웠다.
일본, 중국 아줌마들과도 친해지면서 같이 점심 도시락을 먹고
자동판매기 커피를 마시며 수다를 떠는 즐거움을 만끽했다.
또한 토플시험 준비까지 할 수 있었으니
얼마나 감사하던지….
특히 GED(General Education Development Exam)
프로그램으로 컴퓨터 앞에 앉아 각자의 수준에 맞는
학습을 혼자 해나갈 때 성취감과 감사함으로
가슴이 뿌듯했던 순간들은 지금도 잊을 수가 없다.
미국 성인학교의 취지는 이민자나 외국인들 중
영어를 못하는 사람들을 교육시켜
미국에서의 언어 장벽으로 인한 불편함을 해소시켜 주고
동시에 보다 나은 시민을 만들자는
국가 이익 차원에서 나온 것 같다.
또한 고등학교를 중퇴한 사람들에게
재교육의 기회를 주자는 배려이기도 한 듯싶다.
어쨌든 나는 누구보다도 많이 그 혜택을 누렸고
그 덕분에 토플 성적도 꽤 괜찮게 받을 수 있었기에

고마울 따름이다.
언젠가 '학생의 날'을 맞아 학교에서
쿠키와 주스를 나눠 준 적이 있었다.
그날 밤 나는 흥분된 목소리로 남편에게 자랑했다.
"자기야, 미국은 참 좋은 나라예요!
무료로 교육도 시켜 주고 쿠키랑 주스까지 주니 말예요."

일 년 정도 다닌 어느 날 무슨 시상식이 있었는데,
가족들을 초청하라는 초청장과 시상 내용을 보니
GED 졸업장과 성실하고 근면한 학생에게 주는
'자랑스런 시민상'을 시장이 준다는 것이었다.
나는 그날 남편과 두 딸의 축하를 받았다.
별로 잘한 것도 없는데 어색하고 부끄러웠지만
정말 기쁘고 감사했다.
아무튼 이 성인학교의 고마움은 이곳에서
교사로서의 뿌리를 내리게 된 밑거름이 되었으므로
평생 잊지 못할 것이다.

2000년 봄 성인학교에서 우수학생상을 받았다.

더구나 소풍으로 캘리포니아 롱비치 주립학교(CSULB)를
견학 갔을 때 너무나도 크고 아름다운 캠퍼스를 돌아다니며
방송실에도 들어가 실제 뉴스시간에 앵커들이 대본을
화면을 통해 읽는 과정을 보여 주어
나를 포함한 몇 명의 지원자들이
대본을 읽으며 화면에 비친 자신의 모습을 본 경험은

성인학교 졸업장

나를 신나고 떨리게 했다.

그때 난 결심했다.

이 아름다운 캠퍼스에서 공부를 해야겠다고.

그리고 1년 후 교사자격증 과정을 이곳에서 하게 되었다.

정말로 건전한 자극은 필요한 것이고

동기 부여를 일으키는 원동력이 된다고 생각한다.

커뮤니티 칼리지에서의 경험

미국에서는 커뮤니티 칼리지라는 2년제 대학이 아주 유용하게 운영되고 있다. 고등학교를 졸업하고 이런저런 이유로 4년제 대학 진학이 어려울 때 많은 학생들이 이곳에 진학한다.

학비도 싸고 저녁에도 강의가 많아 2년간 착실히 학점을 쌓아 4년제 대학에 편입하려는 학생들과 몇 년간 일을 하다가 다시 부족한 과목을 수강하려는 나이 든 학생들로 북적거린다.

나도 대학원 과정을 시작하기 전에 동네에 있는 커뮤니티 칼리지에서 제공하는 몇 과목을 수강하기로 마음먹고 무턱대고 찾아가서 '연설 클래스(Speech Class)'와 '문법 클래스(Grammar Class)'를 듣고 싶다고 카운슬러를 만나서 얘기했다.

그리고 자격 여부를 증명하는 서류와 간단한 ESL 시험을 보고 두 과목을 수강할 수 있었다.

인상적인 수업은 '연설 클래스'였는데, 각자 주어진 주제를 갖고 2분간 상대방을 설득해 무엇을 사게 하는 대본을 만들어 한 사람씩 앞에 나와 연설을 하게 했다.

학생들의 연설하는 모습을 비디오에 담아 집에 와서 보고 부족한 점을 보강해서 다음 시간에 한 번 더 할 수 있는 기회를 주었다. 나는 처음에는 어색한 표정과 서툰 영어로 온 가족에게 웃음을 선사했지만, 큰딸의 도움으로 여러 번 연습을 한 후 마침내 A를 받았다.

교수도 많이 향상되었다며 칭찬을 아끼지 않았다. 그때 나는 깨달았다. 내가 잘해서 받은 A가 아니라 열심히 연습한 것이 보이는 노력상이라는 사실을.

이 교훈은 후에 대학원에서 공부할 때도 큰 힘이 되었다. 내가 다른 학생들보다 월등한 것은 불가능하지만 적어도 시작할 때의 나와 그 과목을 끝냈을 때의 나와의 차이가 월등한 것은 할 수 있지 않겠는가, 그럼 목적 달성이야, 하고 위안을 하면서 말이다.

캘리포니아 롱비치 주립대학에서 교사자격증 과정을 밟다

성인학교에서 여섯 명이 6개월 동안
듣기와 독해 공부를 열심히 한 후
일본인 친구 이꾸코와 동네에 있는
토플 시험을 치는 기관에 등록했다.
일본에서 중학교 수학 교사를 하다가 자동차회사에서
디자인을 담당하고 있는 남편을 따라
나보다 2년 전에 미국에 온 나이가 두 살 더 많은
이 귀여운 여인은 정말 버릴 게 하나도 없는
본받을 것이 너무나 많은 사람이었다.
집도 가깝고 마음도 잘 통하는 탓에 우리는 늘 붙어 다녔다.

도시락도 같이 먹고 자기 집에 초대해 요리도 가르쳐 주고
아이들을 데리고 동물원에도 가고
아이들이 학교 가고 자유 시간이 날 때면
멋진 바닷가에 데려다 주곤 하며
나를 무척 행복하게 해 주었다.
그녀도 토플을 보고 대학원에서 심리학을 공부하고
싶어 했기 때문에 우리는 나름대로
정해진 시간에 집중해서 시험 준비를 했다.
그러나 정작 시험을 치르는 날
나는 엉뚱한 실수를 저지르고 말았다.
학원에 도착해서 들어가려는 순간 여권을 안 가져와서
입장을 할 수 없다는 학원측의 말을 들은 것이었다.
이럴 수가…. 일주일 전에 시험 신청을 할 때
여권을 보여 주었으므로 가져갈 필요가 없다고 생각한
내가 너무 한심해서 당황한 목소리로 남편에게 전화를 걸었다.
"자기야, 나 이번에 시험 못 볼 것 같아요.
여권이 있어야 한대요."
울먹이는 내게 남편은 최대한 빨리 갖다 주겠다며 위로했다.
난 시험 시작 시간이 다가와

초조하게 밖에서 기다리고 있었다.
감사하게도 시작 5분 전 남편은 눈썹을 휘날리며
여권을 가져왔다. 그리고 최선을 다하라며 꼭 안아 주었다.
겨우 시험을 끝내고 집에 오니 문 앞에 꽃이 배달되어 있었다.
누가 보냈을까?
감을 잡을 수가 없어 잘못 배달된 것이 아닌가 의심하며
꽃 속에 있는 작은 메모지를 보니… 남편이었다.
수고했다는 격려의 메시지와 함께였다.
프러포즈 이후 처음 받은 꽃다발 덕분에
그날은 영원히 기억하고 싶은 날이 되었다.

두 달 후 받은 성적은 그런대로 만족할 만한 점수였으므로
한 번의 시험으로 끝내기로 마음먹고
대학 성적표를 발급받아 공증을 받았다.
그리고 성인학교 선생님 세 분의 추천서를 받아
대학원 교사자격증 과정 등록 절차를 밟았다.
흔쾌히 추천서를 써 준 그분들에게
지금도 감사한 마음을 잊을 수 없다.
그로부터 약 두 달 후 합격통지서를 받고

들뜬 마음으로 9월을 기다렸다.
과연 잘할 수 있을까 하는 걱정과 함께.
첫 학기에 대학 교양과목 중 이수하지 않은 정치학을
학부 학생들과 같이 등록을 하고
첫 수업에 들어갔을 때의 떨림과 뿌듯함이란
말로 형용할 수 없었다.
마흔 살의 아줌마가 열여덟 살 어린 학생들과
백 명 정도가 듣는 강의실 맨앞에서 두 번째 줄에 앉아
긴장하며 들었던 첫 수업!
50%도 못 알아들었던 첫 수업은
정말 낭패감 그 자체였다.
과연 해낼 수 있을까 하는 걱정뿐이었다.
하지만 열심히 듣고 노트 필기도 많이 했다.
노력해 보리라 마음을 굳게 먹고서.

한번은 비디오를 보고 느낌을 쓰는 숙제가 있었는데
정말 알아듣지도 못하겠고,
어떤 관점에서 써내려가야 할지
도무지 감을 잡을 수 없었던 적이 있다.

그래서 용기를 내어 교수실에 가서 조교에게
어려움을 털어놓았더니 작은 빈 교실에서
다시 한 번 비디오를 볼 수 있는 기회를 주었다.
그때의 고마웠던 마음은 두고두고
벅찬 공부를 하는 데 큰 힘이 되었다.
지금은 생각나지 않지만
어찌어찌 과제를 완성할 수 있었고
연이은 몇 번의 시험에서도 좌절을 많이 했는데
성적표를 받아 보니 예상밖의 'A' 였다.
눈을 의심하며 교수실에 가서 다시 확인하고 싶었지만
그만두기로 했다.
주신 떡을 감사히 받자는 마음으로!
그 첫 과목의 승리가 기나긴 어둠의 터널 같았던
2년여의 과정을 잘 극복할 수 있었던
원동력이 되었던 것 같다.
'하면 된다' 는 평범한 진리를
체험한 순간들에 감사한다.

자기
소개 시간

캘리포니아 롱비치 주립대학(CSULB)은 3개월마다
수강신청을 해야 하는 쿼터제였으므로
아주 집중적인 수업이 진행되었다.
풀타임 학생으로는 너무 벅차 매번 두 과목 정도를 이수하며
엄마로서 아내로서의 역할도 병행해 갔다.
영어가 부족한 나로서는
매번 첫 수업 때마다 같은 반 학생들과 돌아가며
자신을 소개하는 순간이 참 싫었다.
나의 어색한 발음과 어휘 선정이 부끄러웠고,
특히 교사자격증 코스는 나만 빼고
모두 그곳에서 태어난 학생들이 선택하는 과정 같았다.
지금 생각해 보면 당연히 교사 과정을 밟는 학생들은
언어에 문제가 없는 사람들임에 틀림없을 것이다.

늘 미운 오리새끼처럼
나는 학급에서 두드러졌을 듯싶다.
새학기가 시작될 때마다 늘 나를 도와줄
친구들을 찾느라 바빴다.
특히 그룹 프로젝트를 할 때는
쥐구멍을 찾고 싶은 기분이 들었다.
난 그들에게 아무 도움도 주지 못하는 영양가 없는
구성원이었기에 늘 미안한 마음이 들었다.
하지만 감사하게도 나는 어떤 그룹엔가에 소속되어 있어
학점을 받을 수 있었다.
실력도 언어도 부족한 나는 밝은 성격을 무기 삼아
분위기를 좋게 하려고 했고,
또는 우리 집으로 모임 장소를 정해 초대함으로써
그룹에 도움이 되려고 애썼다.
'무식하면 용감하다' 와 '억울하면 출세하라' 가
그 시절 나를 대변해 주던 말이었다.

해골(Skeleton)이라니요?

수업 중 여러 실수담이 많지만 특히 해골(Skeleton)에 얽힌 에피소드는 어이가 없어 지금도 생각하면 씁쓸한 웃음이 나온다. 어느 수업 시간에 선생님이 그룹토의를 하라면서 "Please make a skeleton of this chapter.(이 단원을 요약해 보세요.)"라고 말하는 것이 아닌가. 그런데 다섯 명의 멤버들은 아무도 말을 하지 않고 조용히 책만 들여다보고 있었다.

성질이 급한 나는 "생물에서 해골은…" 하며 엉뚱한 말을 꺼내고 말았다. 그때 멤버들의 어이없다는 듯한 표정이라니!

그날 집에 돌아와서 skeleton의 뜻을 찾아보니 해골이 아닌 '요약' 이라는 뜻도 있었다. 아뿔싸! 난 왜 이렇게 실수를 많이 하는 걸까.

이 사건은 정말 창피한 기억으로 생생하게 내 마음속에 자리 잡고 있다.

교생
실습

이수해야 할 과목들이 거의 끝나가고
6개월의 교생실습 시간이 남아 있었다.
놀랍게도 모든 과목에서 'A'를 받았으니
언어 문제로 주눅이 들었던 긴 시간을
성적표로 보상받았다고나 할까….
사실 공부는 아주 생소한 분야도 아니어서
크게 어렵지는 않았다.
하지만 에세이를 쓸 때,
몇 명이 모여 그룹 프로젝트를 할 때
부끄럽고 속상하고 답답했던 기억들이 많이 난다.

한국에서의 학교 생활을 그리워하면서
동시에 이곳에서의 존재감의 상실 내지는
무가치함을 확인하면서
참 많이 자존감이 무너지고 창피하고 그랬었다.
그래도 현실을 받아들이고 극복해 나갈 수밖에 없었다.
내가 선택한 일이고
또 반드시 이뤄 내고 싶었기 때문이다.
교생실습은 3개월씩 고학년 한 반과
저학년 한 반을 맡게 되는데,
학교를 섭외하는 데 어려움이 있었지만
운좋게도 각각 다른 학교의
1학년과 4세 유아반을 맡게 되었다.
미국의 정규학교는 유치원부터 시작되지만
몇몇 학교들은 만 4세부터 갈 수 있는
Preschool 혹은 Transitional Kindergarten이란
이름으로 한 반을 만들어 시범 운영하기도 한다.
처음 배정받은 학교의 1학년 반에서는
정말 혹독한 시집살이를 했다.

젊은 동양계 담임의 괴팍한 성격을 맞추기가
여간 힘들지 않았다.
그 선생님도 영어를 잘 못하는 나로 인해
고충이 많았으리라 짐작되지만,
너무 불친절했고 무시하는 감정을 드러내어
심리적으로 무척 압박감을 느꼈다.
너무 속상해서 학교에 가기가 싫었지만
어찌할 도리가 없었다.

그런데 설상가상으로 한국에서 폐암이 재발되어
투병중이시던 아버지가 돌아가셔서
일주일 동안 다녀왔는데,
여전히 냉랭하기만 하던 그 선생님은
결국 끝까지 애를 먹였다.

나에 대한 평가서를 대학원에 제출하는 기한까지도
보내 주지 않아 마음 고생했던 기억은
지금도 악몽으로 남아 있다.
결국 대학원 측에서 직접 전화를 걸어 평가서를 받았다.
아주 나쁜 성적으로….

하지만 두 번째 교생실습에서의 3개월은
정말 즐겁고 행복했다.
경험이 풍부한 선생님이 노하우를 많이 가르쳐 주었고
귀여운 아이들과 기쁘게 하루하루를 지낼 수 있었다.
마지막에 우수한 평가서를 받고 기뻤던 그 순간에
서럽기만 했던 첫 번째 교생실습에서의
일들이 떠올라 울컥하기도 했다.

교사자격증을 얻기 위한 무수한 시험들

대학원에서 수업을 듣는 것과는 별도로
수많은 시험을 개인적으로 등록해서 합격해야 하는
기나긴 절차를 통과해야만 했다.
상대적으로 쉬웠던
CBEST(California Basic Educational Skills Test)에서는
영어와 수학, 그리고 영작문을 요구했고
BCLAD(Bilingual Crosscultural Language & Academic
Development) 자격시험에서는 한국어와 영어를 넘나드는
이중언어 교사로서의 자질을 테스트했으며
그리고 영어, 영작문, 수학, 사회, 과학, 음악, 미술, 체육

실력을 테스트하는

CSET(California Subject Examination for Teachers) 등

많은 시험들이 기다리고 있었다.

내 경우에는 수학이 포함된 시험은 별 문제가 없었지만

순수 영어와 작문만 보는 시험에서는

몇 번이나 실패를 경험했다.

특히 학생들에게 독해력을 지도해야 하는 교사로서의

자질을 테스트하는

RICA(Reading Instruction Competence Assessment)는

세 번이나 본 후 합격을 했다.

비싼 시험등록비, 어떤 시험은 준비반에 들어가

값비싼 학원 수업료를 내고 공부하기도 했으니

교사가 되기 전에 재정 파산이 난다는 말까지 있을 정도였다.

덧붙여 컴퓨터 시험, CPR(비상응급처치) 자격증

등을 갖게 되기까지 온갖 시험에 시달렸다.

때론 지치기도 했지만 그때마다 남편의 칭찬과 격려로

마음을 다잡곤 했다. 일단 시작했으니 끝내리라.

모든 시험들아, 내가 간다.

누가 이기나 보자는 오기와 이를 악문 각오와 함께!

story _ 02

교사자격증 취득 후의 불안한 나날들

story _ 02

좁디 좁은 취업의 문

그 지겨운 시험들을 모두 끝냈다는 홀가분함과 2년 반에 걸친 공부를 잘 마쳤다는 뿌듯함도 잠시뿐이었다.

그 즈음 나는 직장을 구하지 못할 거라는 불안감으로 초조한 나날을 보내고 있었다. 마지막 학기에는 구직설명회(Job Fair)가 열리는 곳을 찾아다니며 정보를 모으고 이력서를 뿌렸지만 연락이 오는 곳이 없었다.

미국에는 각 교육구(예를 들면 서초구, 강남구, 도봉구 같은)에서 먼저 인터뷰를 하여 1차 합격생을 뽑은 후 각 학교 교장들이 최종적으로 여러 절차를 거쳐 교사를 선발한다. 영어가 부족한 나는 정말 쓰디쓴 고배를 수도 없이 마셔야만 했다.

처음에는 로스앤젤레스 통합구 장학사와의 인터뷰에서 1차 합격증을 받고서는 뛸 듯이 기뻐하며 이미 취직이 보장된 줄 알고 흥분했었다.

그때 그 장학사는 늦은 나이에 열심을 보였던 내게 격려 차원에서 합격을 시켜 준 것이 아닌가 싶다.

그 이후 나는 냉혹한 현실을 직시하게 되었고, 그야말로 각개전투식으로 로스앤젤레스에 있는 초등학교를 찾아가기 시작했다. 운좋게 교장선생님을 만나면 이력서를 놓고 가라는 식의 무성의한 말만 듣곤 했다. 이른바 기약 없는 구직에의 행보가 시작된 것이었다.

운전도 서투르고 말도 서툰 내게 '창피함' 이라는 불청객이 찾아왔다. 꼭 돈을 벌어야 하는 것도 아닌데 이렇게 좌절하고 자존심 상해 가며 직장을 구해야 하나…. 그냥 접어 버릴까 하는 자포자기 심정이 솟구쳐 올랐다.

몇몇 한국 사람이 교장인 학교에서는 더 큰 낭패감을 맛보았다. 외국에서는 한국인이 한국인을 더 차별한다는 캐나다에 사는 친구의 말에 공감하며 시간이 흐를수록 더 자신감이 없어져 갔다.

공부를 하고 있던 2년 반은
미래에 대한 불안감보다는 하루하루 주어진 숙제와
시험에 열중해야 했기에 마음이 편했고
만학의 기쁨을 누리기까지 하며
복에 겨운 날들을 보낸 것 같다.
막상 모든 게 무사히 끝나고 나니
차가운 현실만이 나를 기다리고 있었다.
전부 아니면 아무것도 아닌(all or nothing) 교사자격증이었다.
교사가 되지 못하면 어디에
그 자격증을 쓸 수 있겠는가.
처음 공부를 시작할 때
'영어만 배우리라.
생활영어만 잘 배우면 나의 목표는 달성한 거야' 하던
겸허한 마음은 온데간데없고
꼭 교사가 되어야겠다는
야무진 욕심이 온통 내 마음속에
자리하고 있었고
시시각각 예민해지고 초초해져 갔다.

대리교사제도

미국에서는 정규교사가 결근할 경우
대리로 교사 역할을 하는 대리교사제도가
교육구(School District)마다 아주 잘 되어 있다.
1년에 10일씩 주어지는 유급휴가를 쓰게 될 때
이 제도를 통해 미리 대리교사를 구해 놓고
학습지도안을 만들어 교실 안에 있는 책상 위에 놓고 가는
편리한 제도이다.
나의 교사생활은 이 대리교사로 시작되었다.
집 가까이 있는 두 교육구(Fullerton, Garden Grove)에 가서
간단한 시험을 보고 등록을 해 놓았더니
새벽 5시 혹은 그 전날 오후에 전화로
갈 학교와 학년을 자동전화시스템에서 알려 주었다.

이런 일일교사 역할을 일 년 정도 했는데
그동안 30여 개 초등학교를 다녔다.
운전이 서툰 나는 당시 GPS도 없었던 때라
지도를 보고 미리 익혀 두기도 하고
간혹 미리 가서 확인하고 오곤 했다.
높은 학년이 배정되면 겁이 나서 그 일을 받지 않기도 했다.
그러면 다음 대기자한테 넘어간다고 들었다.
아무튼 대리교사제도 덕분에 참 많은 경험을 할 수 있었다.
각 학년, 학급마다 선생님들의 가르치는
요령, 규칙, 학생들을 다루는 방법 등이 달랐고
나름대로 노하우가 있었다.
그때 배운 노하우를 지금까지 알차게 효과적으로
매년 학생들에게 적용하고 있다.
지금 생각해 보니 이 대리교사제도야말로
왕초보 예비 선생님들이 꼭 거쳐야 하는
좋은 교사훈련제도인 것 같다.
그동안 있었던 몇 가지 에피소드를 소개하겠다.

GAP

현실을 받아들이고 극복해 나갈 수밖에 없었다.

내가 선택한 일이고

또 반드시 이뤄 내고 싶었기 때문이다.

두 번째 교생실습에서의 3개월은

너무 즐겁고 행복했다.

경험이 풍부한 선생님이 노하우를 많이 가르쳐 주었고

귀여운 아이들과

기쁘게 하루하루를 지낼 수 있었다.

2003년 봄 Long Beach의 어느 초등학교(Sub. Teacher, 대리교사)

일주일이나
먼저!

나의 첫 대리교사 경험은

집 근처에 있는 초등학교 2학년 한 반이었다.

방향감각도 둔하고 운전도 서툰 나는

항상 가야 하는 학교에 미리 가 봐야 마음을 놓았다.

남편이 있을 때는 함께

미리 가 주곤 했지만

출장중이거나 다른 나라에 있을 때는

스스로 지도를 보고 실수를 하면서 찾아다니곤 했다.

드디어 첫날이 왔고,

나는 서둘러 그 학교를 찾아가 자신있게 교무실에 들어가서는

"저 여기 대리교사 왔어요!" 하고

조금 떨리는 목소리로 말했다.

그런데 사무원이 못 알아듣는 것 같아서
더 큰 목소리로 "I am serving here!" 하고 외쳤다.
에구머니나! 나는 금방 내 실수를 알아차렸다.
"I am subbing here." 라고 말했어야 했는데…
서빙(substituting의 준말) 대신 설빙(시중듦)으로 발음했으니
그녀가 못 알아듣는 게 당연하지 않는가.
그러나 정작 문제는 날짜였다.
그 날짜마저 자동응답기를 잘못 듣고
다음주 월요일에 와야 했는데 일주일 먼저 갔던 것이었다.
아, 이 창피함을 어찌할까!
잘 듣지도 못하고 말도 제대로 하지 못하고…
이것마저 그만두어야 하나?
자괴감에 홍당무가 된 얼굴을 숨길 쥐구멍을 찾고 싶었다.
넘기 어려운 벽 앞에서 헤매고 있는
나의 무능력함에 슬픔이 몰려왔다.
하지만 여기서 그만둘 수는 없지 않은가. 고지가 바로 저긴데!
나는 마음을 다잡고 스스로를 다독였다.
"천릿길도 한 걸음부터야. 실수해도 괜찮아.
실패는 성공의 어머니잖아."

인터폰 실 수

한번은 가든 그로브(Garden Grove)에 있는

한 학교에서 대리교사를 하고 있었는데,

그때 정말 웃지 못할 실수를 한 적이 있다.

3학년 어느 반이었던 것 같다.

점심시간 후 갑자기 교실 벽에 붙어 있는 인터폰으로

교무실에서 전화가 왔다.

긴장하면 영어가 더 안 되고 안 들리는 것을 어쩌랴.

'한 학생을 옆 교실로 보내라' 는 말만 들려왔다.

알았다고 하며 한 아이를 옆 교실로 보내고

그 사실을 까맣게 잊은 채 수업을 끝냈다.

그리고 아이들을 다 귀가시키고 옆 반에 갔더니
그 선생님이 웃으면서,
내가 보낸 아이가 원래 말썽꾸러기여서 보낸 줄 알고
쭉 데리고 있었다는 것이었다.
자기 반의 인터폰이 안 되어 애를 먹었다면서….
어머나!
그 메시지는 '옆 반 전화기가 제대로 놓여 있지 않아서
통화가 안 되니 한 학생을 보내 수화기를
제자리에 올려놓으라고 전해 주실래요?' 하는
내용이었던 것이다. 이렇게 창피할 수가!
쥐구멍이라도 들어가고 싶었다.
한 학생을 보내라는 말에 자청한 아이를 보냈고,
옆 반 선생님은 평소에 그 말썽꾸러기 때문에
담임선생님이 애를 먹는 걸 아는지라
이번에도 그런 줄 알고 자기 반에 데리고 있었던 것이다.
급기야는 교무실에서 다른 반에 연락해 수화기를 바로 놓고
통화를 할 수 있었다고 한다.
나는 왜 이렇게 듣기가 안 되는 걸까….

어떤 반항아

대리교사로 각 학급에 들어가면 학생들의 반응이 제각각이다.
'어? 우리 선생님이 아니잖아? 우리 선생님이 좋은데…' 와
'야, 신난다. 오늘 대충 놀 수 있겠다!' 는 엇갈린 반응을 보인다.
대부분의 학생들은 담임선생님이 만들어 놓은 지도안에 따라
대리교사가 수업을 진행할 때 잘 따라오지만
몇몇 학생들은 애를 먹이는 경우가 있다.
반항은 물론 골탕을 먹이기도 한다.
휴식시간을 빼앗거나 반성문을 쓰게 하거나
소풍을 못 가게 하거나 성적표에 반영을 하는
굉장한 위력을 가진 담임선생님과는 달리
대리교사는 힘이 없다는 것을
누구보다도 잘 알고 있는 꼬마 악당들에게
마음이 상한 경우도 더러 있었다.
특히 말이 유창하지 않은 나는 더 많이 상처를 받았다.
한번은 정말 소리치고 때려주고 싶은 3학년 아이가 있었다.

반항은 물론이고 다른 아이들 앞에서 나를 갖고 놀았다.
소리도 못 치겠고 그냥 넘어가자니
다른 아이들에게 본이 안 되고 정말 막막했다.
눈물도 났다.
하루를 어떻게 보냈는지 기억이 나지 않았다.
머리가 몹시 아팠던 기억밖에는.
그 학교 그 교실에서 경험했던 힘든 순간들이
아직도 마음속에 그림처럼 선명하게 남아 있다.
지금은 스무 살이 넘었을
그 아이는 어떤 모습으로 변해 있을까….
그때 나는 아이들 앞에서 화를 내면 지는 거라는 것을 배웠다.
침착하게, 쿨하게 그 아이를 다뤄야 한다는 것이다.
그 이후로는 감사하게도 그렇게 힘든 아이는 없었다.
어릴 적 할머니께서 '선생 똥은 개도 안 먹는다' 라고
말씀하시던 것이 생각난다.
속이 하도 타들어가니 똥마저도 말라 버려
개마저 싫다고 한다는 말이 이해가 간다.
보람을 느끼는 직업이지만 속이 탈 때는
가끔 펑펑 울고 싶을 때도 있다.

어느 미술 수업

건강상의 이유로 한 달 간 나오지 못하는
교사의 반에 들어간 적이 있었다.
나는 그 한 달짜리 일을 계속 했으면 좋겠다고
간절히 생각하며 수업을 했다.
떠돌이처럼 이 학교 저 학교 이 반 저 반에 들어가서
새로운 아이들과 하루하루를 보내야 하는 것이
때로는 아주 긴장되고 피곤했다.
어쩌다 이틀 혹은 삼일 간 학급을 맡게 되면 기분이 좋았다.
적어도 이틀째 같은 반에 들어가면
좀 익숙해져 수월하게 지낼 수 있기 때문이다.

그러니 한 달간 같은 반을 맡게 되면
얼마나 좋을까 하고 생각하지 않겠는가.
그런데 미술시간에 그 학교 교장선생님이 들어오셨다.
축축 늘어진 야자수를 그리는 시간이었는데
미술 실력도 없고 영어 실력도 없는 내가
샘플 그림을 칠판에 붙여 놓고 아이들 사이를 오가며
"중력(Gravity) 때문에 야자수 잎이 땅을 향하게 되는 거예요"
하고 똑같은 말만 되풀이하는 것을 지켜보고 있었다.
'아, 하필 이 시간에 오시다니…
수학 시간에 오셨으면 얼마나 좋았을까….'
나는 속으로 중얼거리고 있었다.
다행히 점심시간이어서 아이들을 식당으로 보내고
마음을 놓고 점심시간 후에 10분 정도 시간을 더 주어
그림을 끝내게 해야지 하고 생각하고 있었다.
아이들이 돌아온 후 마무리를 하는 시간에
글쎄 교장선생님이 또 들어오신 것이었다.
난 정말 달리 할 말이 없어서 그 중력 얘기만 되풀이했다.
아이들은 서둘러 색칠을 하고 미술시간이 끝났다.
그와 동시에 교장선생님도 나가 버렸다.

그날 하루 수업이 끝나고 교무실에 사인을 하러 갔다.
내일 수업을 준비하려고 교실에서 빌린 책을 옆에 놓고
사인을 하려는데 사무원이 와서 대뜸,
"책을 도로 갖다놓고 가세요. 낼부터 올 필요가 없습니다"
하고 냉랭하게 말하는 것이 아닌가.
나는 너무 창피해서 눈물이 핑 돌았다.
그 순간 "그래요? 누구의 결정인가요?" 하고
묻는 용기가 어디서 나왔는지….
"교장선생님께서 그러셨어요" 하고
쌀쌀맞게 말하는 사무원을 뒤로하고
집에 올 때까지 눈물이 많이 났다.
서럽기도 하고 못난 내가 싫기도 했다.
집에 와서 남편에게 그 얘기를 하며 또 울었다.
그러자 남편이 이렇게 위로해 주었다.
"매너 없는 교장 같으니라구.
우리 정희의 진가를 지가 어떻게 알아?"
하지만 나는 이를 악물었다.
'억울하면 출세하랬다고… 영어 잘하면 될 거 아냐!'

가벼운 교통 사고

새벽 5시면 걸려오는 자동전화장치. 어떤 때는 정말 받기 싫었다. 또 아침을 긴장 속에서 맞아야 하는구나….

하지만 경험이 많을수록 내 실력이 향상된다는 사실 또한 진실이므로 감사하게 그 일들을 받았다.

대리교사 초기에는 자동응답장치가 아닌 직접 통화할 수 있는 번호를 써서 그 전화 시스템을 운영하는 분과 직접 통화하는 빽(!)을 쓰기도 했다.

"제가 아주 경험이 없는 초짜인데요, 정말 열심히 노력하겠습니다. 제게 일자리를 많이 주시겠어요?" 하며 애원을 했다.

그걸 기특하게 생각했는지 불쌍하게 여겼는지 이름도 얼굴도 모르는 그분은 나에게 일자리를 많이 주었다. 그래서 30여 개의 학교를 다녔다. 가든 그로브, 플러튼, 롱비치 등의 도시에 있는 학교들이었다.

하루는 가든 그로브의 한 학교에 차를 몰고 가고 있었다. 신호 대기중에 학교 위치를 찾아보기 위해 지도를 보고 있었는데, 브레이크를 밟고 있었다고 생각했는데 아마 꽉 밟지 않았나 보다. '쿵' 하는 소리와 함께 정신이 번쩍 들었다. 앞차를 살짝 박아 버렸던 것이다.

나는 겁을 먹고 차 안에서 두손을 싹싹 빌며 애원을 했다. 다행히 그 앞 차 운전자는 그냥 보내 주었다. 너무 감사했지만 혹시 그분 마음이 변할까 봐 다른 길로 줄행랑을 놓고 말았다. 학교에 늦으면 큰일이니까.

낯설고 물선 미국땅에서 언어도 서툴고 운전까지 서툰 내게 '교사로서의 도전' 은 정말 불가능해 보였다. 그렇다면 뭘 할 수 있을까? 공부를 끝내고 여기까지 오지 않았는가. 포기? 객관적으로 보면 포기하는 게 맞을지도 모른다. 그러나 나 자신에게 증명하고 싶었다. '전부 아니면 아무것도 아닌' 이 냉엄한 현실에서의 생존경쟁에서 '정희야, 넌 할 수 있어!' 라는 메시지를 계속 쏟아부으면서 말이다.

돌아가신
아버지의 격려 말씀

대리교사로 일한 후 첫 보수를 받았을 때였다.
2002년 어느 날 교육구에서 800불 정도의 수표를 받아쥐고는
서울에 계신 폐암이 재발되어 투병중인 아버지께 전화를 드렸다.
이런저런 얘기를 나눈 후
"아버지, 저 교사로서 첫 보수를 받았어요. 많지는 않아요.
800불 정도예요" 하고 말씀드렸다.
그랬더니 이렇게 대답하셨다.
"액수가 문제가 아니다. 네가 수고해서 미국 정부에서
정식으로 준 돈을 받았다는 게 의미가 있지.
기특하구나. 내 딸!"
정말 힘이 되는 말씀이었다.
'맞아요, 제가 열심히 노력해서 받은 첫 열매입니다.'

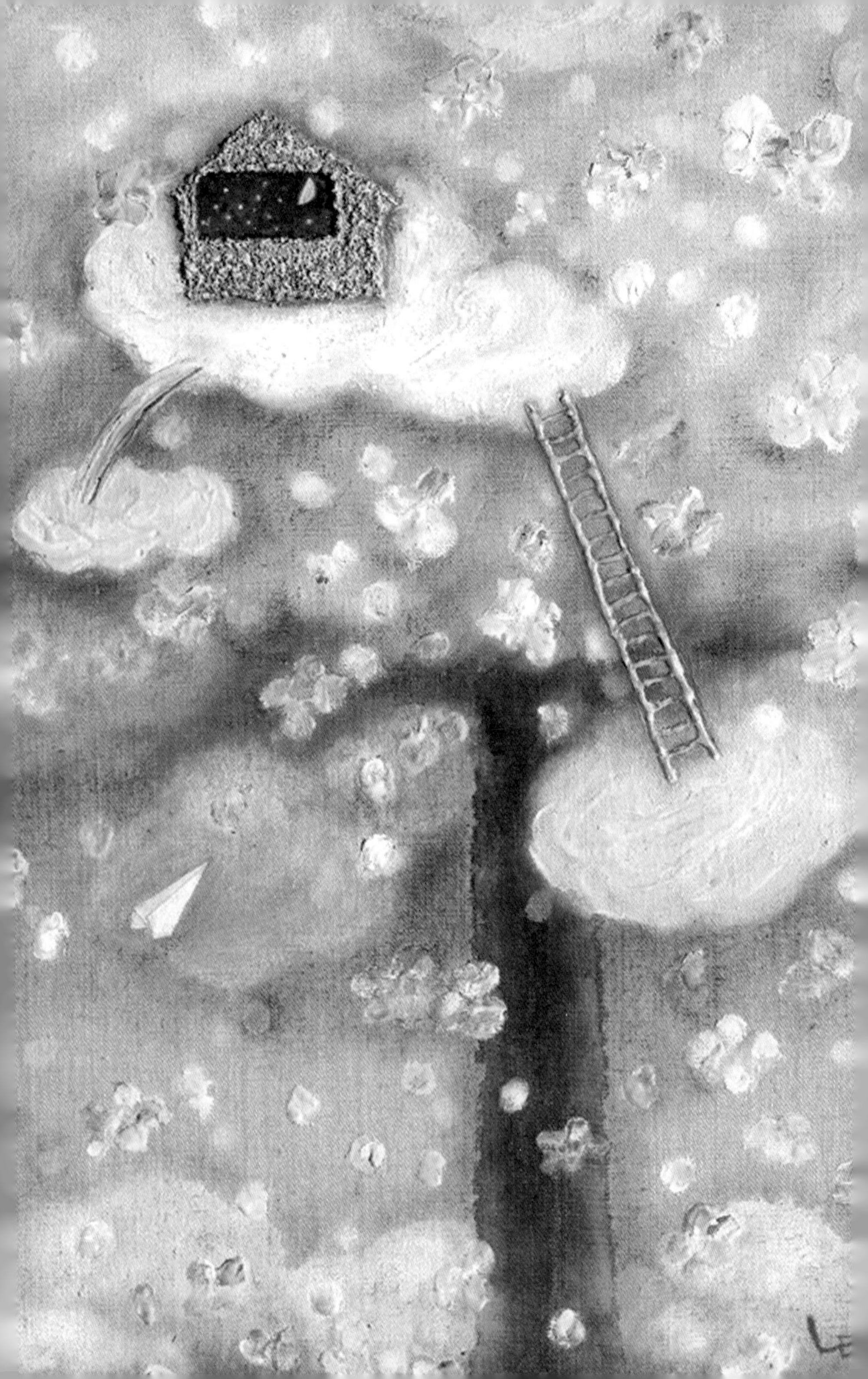

story _ 03

정식교사로서의 첫 출발

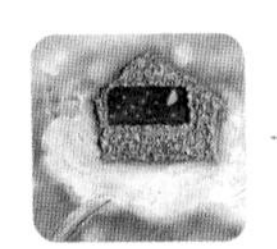

story _ 03

연이은 인터뷰 실패

대리교사를 하면서 틈틈이 영구직을 찾기 위한 노력을 게을리 하지 않았다. 일차적으로 하는 각 교육구에서의 인터뷰는 비교적 쉽게 합격할 수 있었지만 정작 그 교육구 안에 있는 초등학교 교장선생님들과의 인터뷰는 어렵기만 했다.

그러나 그 교장선생님들이 최종 결정권을 갖고 있으므로 반드시 거쳐야 하는 관문이었다. 그중 가든 그로브에서의 인터뷰 경험은 웃지못할 일화이기에 들려주고 싶다.

함께 공부했던 문 선생님이 하루는 가든 그로브 교육구에서 직업박람회가 있다고 같이 가자고 하여 따라 나섰다. 그 선생님은 중학교 때 하와이에 온 나와 같은 연배인데, 같은 공부를 하다

만났기에 서로 정보를 교환하며 최종 목표를 향해 같이 가고 있는 중이었다.

그곳에는 여러 부스가 설치되어 있었고 각 학교 교장선생님들이 그룹으로 인터뷰를 하고 있었다.

나는 세 학교의 교장선생님들과 마주하고 있었는데 여러 가지 질문을 던지면서, 특히 이중언어 교육에 대한 질문을 했다. 영어가 모국어가 아닌 학생들에게 어떤 식으로 영어를 효과적으로 가르칠 수 있겠느냐는 것이었다.

정확히 기억나지는 않지만 나는 두 딸의 영어 습득 경험을 바탕으로 그 입장에서 이해하며 가르치겠다고 유창하지 못한 영어로 답했다.

결과는 불합격이었고 예상은 했었다. 연이은 실패의 경험으로 난 초등학교 교사보다 고등학교에서 제2외국어로 한국어를 가르치는 교사가 되면 어떨까 하고 방향 전환을 시도해 보았다. 이중언어 교사자격증이 있으므로 그쪽이 더 나에게 적합한 분야라는 생각이 들었기 때문이다. 훨씬 자신도 있었고 떳떳하겠다는 생각이 들었던 것이다.

그 즈음 토렌스 시에 있는 고등학교에서
한국어 교사를 찾는다는 정보를 입수하고는
교감선생님과 인터뷰를 하러 갔다.
그때 진땀을 빼면서 겨드랑이가 땀에 흥건히 젖은 채
인터뷰를 했던 기억이 난다.
그중 한 질문은 공부에 흥미가 없을 뿐 아니라
남까지 방해하는 문제아가 있을 때 어떤 방법을 쓸 것인지
단계별로 방법을 제시해 보라는 것이었다.
처음에는 질문 자체를 이해하지 못하고
다시 질문해 달라고 요구한 후에
어떤 대답이 이 사람이 요구하는 답일까 생각해 보았다.
그러고는 처음에는 그 애 주변을 맴돌며 가르치다가
그래도 알아차리지 못하고 잘못된 행동을 할 때는
그 학생 자리를 나와 가깝게 옮기고
그 다음에는 말로 분명하게 주의를 주고
그래도 안 들을 때는 교무실로 보내겠다고 답을 했다.
결과는 슬프게도 불합격이었다.

하지만 그렇게 속상하지 않았다.
집에서 너무 멀고 수업 일수가 적어
보수도 만족스럽지 못하기 때문이었다.
그후 세리토스 고등학교에서
한국어 수업을 참관할 기회가 있었다.
학생수와 수업 일수가 충분하지 않으므로
두 고등학교를 왔다 갔다 하며 가르쳐야 하는
번거로움이 있을 뿐더러 극히 제한된 이중언어 교사 수로
인해 일을 구하기가 초등학교 교사 자리보다
훨씬 힘든 것 같았다.
자리 자체가 제한되어 있고
한번 이중언어 교사가 되면 그만두지 않으니
언제 내 차례가 올지 낙심하고 있던 차에
한 한국 선생님이
"초등학교 교사자격증이 있으면 그 길로 밀고 나가세요.
적어도 자리는 있을 거예요" 하는 것이었다.
그분의 말씀에 백 퍼센트 동의하며
몇 개월 간의 설레던 마음을 과감히 접고
다시 초등학교 교사라는 직업을 갖기 위해 총매진하기로 했다.

여름 학 교(Summer School)

2003년 여름.

그 여름이 내게 행운을 가져다줄 줄 어떻게 알았겠는가?

끝이 보이지 않는 터널을 지나가는 듯한 내게

그 벅찬 기쁨을 가져다줄 줄 누가 알았겠는가 말이다.

하루는 같이 이중언어 교육에 대한 과목을 들을 때

만난 김 선생님이 전화를 했다.

일 년 전부터 초등학교에서 2학년을 가르치고 있던

그 선생님이 대뜸,

"선생님, 시간 있으면 저희 반에 오셔서

저를 도와줄 수 있으세요?" 하는 게 아닌가.

나는 그 선생님이 어떻게 가르치는가도 볼 겸
시야도 넓힐 겸 쾌히 승낙을 하고 그 학교를 찾아갔다.
귀여운 20명의 아이들을 두 그룹으로 나눠 한 그룹은 내가,
또 한 그룹은 그 선생님이 가르치며 즐거운 시간을 보냈다.
그날 점심시간에 교무실에서 교장선생님을 만나게 되었다.
내가 김 선생님을 졸라서 좀 뵙게 해달라고 했기 때문이다.
악수를 하고 간단한 인사를 나누고 집으로 돌아오며
기분이 뿌듯했다. 김 선생님의 가르치는 모습과 방법,
그리고 귀여운 꼬마 학생들의 모습이 함께 어우러져
아름답게 각인되었기 때문이다. 나도 언젠가 교사가 되면
저런 친절한 선생님이 되어야지 하고 다짐했다.
지금은 캘리포니아 주정부 및 미국 전체의 경기가 어려워서
한 학급에 30명으로 학생을 늘려 버렸지만
2008년까지는 참 좋았다.
정규과정인 유치원, 1학년, 2학년, 3학년까지는 20명,
4학년 이상은 28명으로 그 인원수가
가장 효과적으로 가르치고 배울 수 있는
이상적인 숫자라고 생각한다.

이제는 저학년은 30명(우리 반은 31명이다!),
고학년은 34명으로 하나하나 신경을 쓰고
개인신상을 파악하기가 좀 힘든 실정이다.
하긴 나 어릴 적엔 80명이나 되는
콩나물 교실에서 배우기도 했지만.
어려운 재정형편 때문에
최근 몇 년은 학업 성적이 부진한 학생들에게
긴 여름방학 동안 한 달씩 배움의 기회를 제공해 주던
여름학교가 없어졌다.
두 달이 넘는 여름방학을 효과적으로 보내는 길은
하고 싶은 여가활동을 하게 하고
운동으로 체력을 보강시키는 것이 좋겠다.
가장 중요한 것은 책을 많이 읽히는 것임은 물론이다.
공부에는 왕도가 없다고 하지 않았는가.
다방면에 걸쳐 책을 많이 읽는 것이
똑똑이가 되는 최고로 효과적인 방법인 것 같다.

설거지 중
걸려온
전화

지금도 그 장면이 눈에 선하다. 아찔하기도 하면서….

그 학교에서 하루를 즐겁게 보낸 며칠 후 아침 설거지를 하고 있는데 전화벨이 울렸다. 양손으로 그릇을 닦으며 전화기를 왼쪽 어깨에 끼고 나를 찾는 전화에 퉁명스럽게 "왜요?" 하고 대꾸했다. 무슨 조사를 한다거나 카드에 가입하지 않겠느냐는 쓸데없는 전화로 알았기 때문이다.

그런데 가만히 들어보니 며칠 전 만났던 그 교장선생님이 직접 전화를 걸어 오늘 당장 인터뷰를 하자는 게 아닌가! 나는 황급히 전화를 끊고 오후 2시에 예정된 인터뷰를 하기 위해 지금 내가 12년째 몸담고 있는 Clinton 초등학교를 찾아갔다.

설레는 마음을 안고 말이다.

교장실에 들어가자마자 대뜸 "유치원 학생들을 맡을래요?" 하는 것이었다.

난 너무 감격스러워서 두 귀를 의심했다.

이 교장선생님은 이미 나를 채용하기로 마음을 먹고 있었던 것이다.

나는 대담하게도 "2학년을 주시면 감사하겠습니다. 제가 2학년을 가르치는 데 더 적합할 것 같아서요"라고 말해 버렸다.

어디서 그런 용기가 생겼는지 내가 기특할 따름이었다.

대리교사를 일 년 정도 해 보니 유치원 (미국 공립학교는 유치원부터 12학년까지가 정규과정이다)은 너무 어리고 부모들이 극성스러워 힘들고, 1학년은 가르쳐야 할 범위가 너무 넓고, 2학년이 가르치기가 편할 것 같았다.

말을 알아듣고 읽고 쓰기 기본이 되어 있고 말 잘 듣는 2학년이 어느 학교에서나 선생님들이 선호하는 학년인 것이다.

나의 대담한 요구에 교장선생님은 흔쾌히 오케이 하셨고,

나는 너무 기쁘고 감사해서

교장선생님의 어깨를 와락 껴안으며 말했다.

"정말 감사합니다!"

내가 아는 바로는 이렇게

쉬운 채용 인터뷰는 전무후무한 것이라 생각한다.

보통 여러 절차가 있고

패널(학부모 대표, 교사 대표, 교직원 대표, 행정 대표)들이

인터뷰를 하기 때문에 내 경우는

도저히 믿기 어려운 채용 방법이었다고 확신한다.

오랜 시간 동안 낮아지고 낮아졌던

자존감의 회복이라고나 할까?

믿기지 않는 생애 최고의 성취감이었다고 표현하고 싶다.

그 기쁨을 남편과 두 딸과 나누면서

정말 괜찮은 선생님이 되어야겠다고

깊이깊이 다짐했다.

초등학교 2학년, 귀여움의 대명사

첫해는 얼떨떨해서 어떻게 학생들을 가르쳤나 모르겠다.

다행히 나를 추천했던 김 선생님이 같은 학년을 가르치고 있었기에 많은 도움을 받았다.

교과지도안부터 숙제물까지 의논하며 주로 따라했다고 하는 편이 정확할 것 같다. 하루가 어떻게 지나가는지, 예상치 못한 문제들이 왜 그리 많은지….

집에 가면 파김치가 되어 중학생과 고등학생이 된 두 딸을 어떻게 키웠는지 기억이 나지 않는다. 아마 두 딸이 나를 도와 살림을 같이 했고 가르치는 것을 코치해 주었던 것 같다.

정말이지 그때 그들은 나의 선생님이었고 카운슬러였다!

내가 가르치고 있는 학교는 캘리포니아에서도 유명한, 가난하고 위험한 곳으로 알려진 캄튼(Compton) 시에 있는 그 즈음에 새로 지은 곳이었다.

다행히 시내 한복판이 아니고 다른 시에 인접해 있는 비교적 안전한 곳으로 멕시코계 학생이 80% 정도 차지하고 나머지는 흑인 학생으로 이루어진 800여 명이 다니는 제법 큰 초등학교였다. (지금은 점점 규모가 커져 1,000명이 넘고 내년에는 K-8학년, 즉 유치원부터 8학년까지로 주니어 하이스쿨을 포함하는 학교가 된다.)

학교 이름이 '클린턴' 초등학교인 까닭은 클린턴 대통령 재임 당시 그의 이름을 따라 지어졌기 때문이고, 내가 가르쳤던 해인 2003년에 클린턴 대통령이 우리 학교를 방문해 학생들에게 스피치를 할 때 바로 앞에서 우리 반 말썽꾸러기 두 명의 손을 잡고 연설을 들었던 기억이 난다.

멕시코계 학부모들은 한국의 옛 부모들처럼 교사에게 예의바르고 성품이 온화해서 그렇게 스트레스를 받지 않는데, 흑인 부모들은 처음부터 관계 정립을 잘 해놓지 않으면 뒤탈이 날 때가 많다. 교장을 찾아간다든지 교육구청으로 달려가 문제를 크게 만들기도 하므로 처음부터 신경을 써야 한다.

좋은 분들은 아주 협조적이고 따뜻하다.

2003년 Clinton 대통령이 학교를 방문해 연설을 하고 있다.
우리 학교 이름은 그의 이름을 본따 Clinton Elementary School이다.

지역 특성상 부모 중 한쪽이 감옥에 가 있거나 맞벌이로 힘겹게 살거나 부모가 영어를 모르거나 관심이 없거나 등의 이유로 집에서의 도움을 기대할 수 없는 아이들이 많다. 더러는 집 없이 모텔을 전전하거나 남의 집 차고를 개조해 사는 사람들이 많기 때문에 모든 교육이 학교에서 이루어지고 학교에서 끝나는 경우가 많다.

그래서 속상하고 안타까울 때가 많지만 그렇기 때문에 더욱 애착이 가고 책임이 느껴지며 보람을 느낄 때가 많기도 하다. 나를 채용해 주었던 그 교장선생님의 이 말씀은 12년이 된 지금도 내 가슴속에 깊이 자리잡고 있다.

"우리 학생들이 어떤 배경에서 왔건 저는 상관하지 않습니다. 일단 우리 학교 문에 들어오면 우린 그들을 보석처럼 다루어야 합니다."

나는 이 말씀을 절대로 잊을 수가 없다. 그렇다. 그들은 해맑은 보석들이다.

무지한 선생님의 벌 주기

정식교사가 된 첫해는 정말 스트레스의 연속이었다. 나의 부족한 교육 방법과 내용에 대한 반성보다 대책없이 숙제를 안해오는 아이들과 수업시간에 집중하지 않는 아이들, 또 교실에서 소리를 지르며 왔다 갔다 하는 아이들로 인해 하루가 어떻게 지나가는지 모르게 빨리 가버렸다. 그리고 아이들 성적을 올려야 한다는 초조감에 참을성 없는 교사가 되어 버렸다.

한국에서 보고 자란 대로 약간의 권위의식을 갖고 말썽꾸러기들을 교실 뒤편에 서서 두 귀를 잡고 있으라 했고, 너무 답답하고 속상해서 30cm 자로 그들의 책상을 치기도 했다. 물론 자로 칠판을 두드리는 일도 많이 했음은 말할 것도 없다.

이런 격한 행동이 모두 금지되어 있음을 안 건 며칠 뒤였다.
방과후 한 말썽꾸러기 아이의 어머니가 교실 인터폰을 통해
전화를 해서 막 따지는 것이었다.
왜 30cm 자로 내 아들 책상을 쳤냐는 것이다.
나중에 안 일이지만, 사정이야 어찌 되었건
학생들에게 신체적 정신적으로
힘든 벌을 주면 안 되는 것이었다.
신체적 학대와 정신적 모욕이 금지되어 있었던 것이다.
나는 아직도 '사랑의 매' 에 대한 아름다운 이야기를
기억하는데, 의자를 뒤에 놓고 혼자 앉아 있으라는 등의
내게는 벌이 아닌 특권처럼 보이는
벌 주기에 익숙해지기까지는 한참이 걸렸다.
첫해에 나를 공포에 떨게 했던
또 한 가지 실수를 언급하고 싶다.
한 말썽꾸러기 남자아이가
예쁘고 모범생인 자기 딸에게 성적 희롱을 했다고 주장하는
여학생의 어머니가 아침에 학교를 찾아왔다.
그 당시 유행가 가사에 '너랑 자고 싶다' 라는 노래가 있었는데
그 노래를 남자아이가 짝인 그 여자아이에게 자꾸 불렀나 보다.

그래서 다음 날 아침에 여자아이 어머니가 학교에 와서는
내게 그 남자아이에게 말을 해도 되겠느냐고 물었다.
난 흔쾌히 승낙하고는 운동장에서 아이들 줄을 세우고 있었고
그 어머니는 남자아이와 가볍게 이야기를 했다.
그런데 그 일로 인해 다음 날 아침부터 나는
상담교사에게 불려가고 급기야는 그날 오후에
양쪽 아이의 어머니와 할머니들까지 참석한 가운데
상담교사의 입회 하에 우리 반 교실에서 회의를 하게 되었다.
나는 그 남자아이의 부모 동의 없이 여자아이 어머니와
면회를 허락하면 안 된다는 것을 몰랐던 것이었다.
상담교사의 친절한 중재로 잘 마무리되었지만
이곳에서 교육을 받지 않고 자란 내게는 낯선 규칙들이
너무 많았다. 선생님들끼리 회의할 때 받는 스트레스 또한
만만치 않았는데, 아이들에게까지도 일거수일투족이
감시당하는 것 같아 몹시 피곤했다.
하지만 순진하고 예쁜 천사 같은 아이들은 정말 귀여웠다.
매분기마다 컴퓨터화 되어 나오는 학급별 성적으로
다른 반들과 비교되지 않는다면 얼마나 이 일을 즐기며 할 수
있을까 하며 쏜살같이 빠르게 지나가는 하루하루를 보냈다.

모음발음과 이중의미(multiple meaning)에 대한 지식 부족

처음 몇 해 동안 가르치는 데 있어서 부족함을 느꼈던
부분은 모음을 발음할 때 나타났다.
자음을 발음할 때는 L과 R을 제외하고는
별 문제가 없었는데 모음은 다시 연습을 해야 했다.
장모음과 단모음의 구별이 잘 안되었던 것이다.
영어에서는 bitch(욕)와 beach(해변),
still(아직도)과 steal(훔치다) 등
단모음과 장모음의 확연한 차이와
bald(발드 ; 대머리)와 bold(보울드 ; 대담한), bed와 bad 등
에와 애의 정확한 발음을 위해 신경을 써야 했다.

그리고 한 단어가 갖고 있는 여러 가지 의미에 대해서도
공부를 해야 했다.
예를 들어 bank는 은행이란 뜻 말고도
물가 옆에 올라와 있는 경사진 둔덕이란 의미가 있고,
spring은 봄이라는 의미 말고도 철사의 코일,
뜨거운 온천수 같은 복수의 의미가 있는 것이다.
file도 서류라는 의미 외에
한 줄이라는 뜻도 있다.
첫해에 소풍(field trip) 갔을 때 "Make a single file!"이라고
옆 반 선생님이 말해서
'음, 한 줄로 서다라는 의미가 있나 보다' 라고
넘겨짚기도 했다.
지금쯤 한국에서는 내가 경험한 실수들을 하지 않도록
이런 장모음과 단모음에 대한 확실한 차이와
복수의 의미를 가진 단어들을
철저히 가르치고 있으리라 생각한다.

사회복지사의 갑작스런 방문

교사 생활을 시작한 지 3년째 되던 해,
어느 날 아침 교무실에서 갑자기 우리 반 여학생 한 명이
샌프란시스코로 보내졌다는 이야기를 들었다.
그 전날까지도 명랑하던 그 아이의 필통과 책들을 바라보며
가슴이 뭉클했다.
어쩌면 나에게 한마디도 없이 학교를 옮긴 걸까?
나중에 안 사실은,
부모들의 학대로 강제로 격리되었다는 것이다.
미국은 철저하게 체벌이 금지되어 있다.

집에서든 학교에서든 어디서든.
만일 아이의 몸에 멍이 들거나 다친 흔적이 있으면
교사는 72시간 이내에 학교에 보고를 하게 되어 있다.
그렇지 않으면 '방임죄'로 교사자격증이
취소되는 엄청난 결과가 따르게 된다.
남편이 죽으면 아내를, 가족 구성원 중 하나가
죽으면 그 가족을 먼저 의심하는 풍토가
내겐 받아들이기 힘든 점으로 지금까지 남아 있다.
'아니, 가족이 죽은 것도 슬픈데…
죄인으로 의심까지 받아야 하나' 하고 분노했지만
가끔 그런 일들이 가장 가까운 집안 사람에 의해
일어난다는 것을 발견하고는 할 말이 없었다.
이런 냉혹한 현실 앞에서 작고
무기력한 어린아이들이 법에 의해
철저히 보호받는 것이 당연하구나 하고
생각을 바꾸게 되었다.

교사로서 보람을 느꼈던 상담교사의 한마디

아이들을 가르친 지 5년째 되던 해였다.

아이들을 보내고 교실 정리를 하러 교실로 돌아가는 내게 상담교사가 불쑥 이런 말을 했다.

"미세스 김, 다음 달에 텍사스에서 잠깐 다니러 오는 우리 손자를 선생님 반에 2주일 정도 보내도 될까요?"

나는 흔쾌히 승낙을 하고 교실로 오면서 무척 기뻤다.

2학년 여섯 개 반 중에서 우리 반에 보내고 싶어하는 이유가 뭘까? 나는 영어도 완벽하지 않은데….

아이들을 귀히 여기고 예뻐하는 걸 아는 걸까 하면서 가슴 벅차했던 기억을 잊을 수가 없다.

12년이 지난 지금 나는 감히 말할 수 있다.

교사는 단순한 지식을 가르치는 사람 이상의 존재여야 한다고!

아이들을 진심으로 위하고 꽃을 키우는 마음으로 참을성을 가지고 정성을 쏟으며 임해야 하는 소중한 직업이라고 말이다.

교육학 석사에의 도전

교사 5년차 되던 해 오랫동안 꿈꿔 왔던 석사학위를 얻기 위해 학교 가까운 곳에 있는 CSUDH(도밍게스힐스 캘리포니아 주립대학) 교육대학원에서 '다문화연구'를 전공하게 되었다.

내가 갖고 있는 교사자격증은 대학원 내에 있는 과정에서 취득하긴 했지만 석사자격증은 아니었다.

나는 무엇보다도 내 자신에게 자신감을 주고 싶었다. 언어는 비록 완벽하지 않지만 지식으로 경험으로 내 자신을 채우고 싶었다.

그래서 학교 생활에 익숙해질 즈음 내가 가르치는 학교 근처에 있는 쉽다고 소문난 대학원에 다니게 된 것이다. 일주일에 두 번씩 저녁에 가서 피곤에 지친 몸으로 돌아오곤 했다.

하지만 공부하는 것이 교사자격증 과정 때처럼 힘들지는 않았다. 여전히 시험과 연구논문에 대한 스트레스가 있었지만 미래에 대한 불안감 따위는 없었기 때문이다.

그냥 부담없이 즐기며 공부하면 된다고 마음을 다잡으며 2년여를 보냈다. 다행히도 교사자격증 과정을 통해 취득한 학점 중 12학점이 인정되어 나머지 24학점만 이수하면 되었다.

그러나 매번 경험하는 그룹 프로젝트 때 누구도 나와 같이 하고 싶어하지 않을 거라는 열등감과 리서치 페이퍼(연구논문)에 대한 공포가 나를 우울하게 하곤 했다.

남보다 더 많이 노력해야 한다는 생각으로 항상 맨 앞줄에서 '결석은 금물' 이라는 마음자세로 임했다.

드디어 모든 과정을 잘 끝내고 졸업시험을 치르게 되었다. 나는 정말 열심히 준비했다. 단답형 70문제와 에세이 두 문제를 준비하기 위해 주말이면 도서관에 갔다. 가끔 답답해서 찻집에서 공부하기도 했다.

그래도 아주 힘들지는 않았다. 교사자격증을 획득한 후 취업 때까지 겪었던 그 답답함과 막막함에 비할 수는 없었다.

어떨 때는 만학의 희열까지도 느낄 정도였다. 이 나이에 이렇게 공부하는 건 특권이고 사치야 하며 스스로를 위로하기도 했다.

정말 감사하게도 합격의 기쁨을 안게 되었고, 2010년 여름에는 한국에서 가장 친한 친구가 오고 어머니와 남편, 두 딸과 예비사위까지 와서 졸업을 축하해 주었다. 그 많은 졸업생들의 이름을 각각 부르며 졸업장을 받았을 때 그 뿌듯함이란! "정희야, 잘 해냈어!" 하고 자신에게 격려해 주면서 말이다.

매번 다른 수업 때마다 도와준 좋은 사람들에게도 감사함을 전하고 싶었고 그 보답으로 정말 괜찮은 선생님이 되어야겠다고 다짐했다. '뜻이 있는 곳에 길이 있다'는 평범한 진리를 되새기면서.

아, 이참에 착한 두 딸에게 감사의 마음을 전하고 싶다. 부족한 엄마의 영어 문장과 문법을 고쳐 주는 수고를 마다 않은 딸들의 도움이 없었다면 이 모든 것이 가능했을까?

지금 생각해 보니 나 때문에 여러 사람들이 고생을 한 것 같다. 진심으로 감사드리며 아이들을 진정으로 사랑하는 교사가 됨으로써 그 은혜에 보답하고자 한다.

K-2

MATH

2학년 우리반 아이들과 함께

LEEINOK 2010

story _ 04

12년째 교사로 살아가기

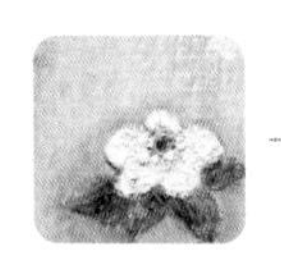

story _ 04

규칙 정하기

초등학교 2학년을 10년 이상 가르칠 수 있었던 것은 정말 감사한 일이었고 행운이었다. 처음 2년 동안은 그만둬야겠다는 생각이 들 만큼 힘들고 매일 파김치가 되어 집에 왔으며 감기를 달고 살았다. 주말이 오기를 학생들보다 더 간절히 기다렸고 일요일 저녁이면 마음이 무거워졌다.

아이들이 교실에 들어오는 9시부터 집으로 가는 오후 3시 30분까지 시간은 쏜살같이 지나갔다. 에너지가 넘치고 까르르 잘 웃는 2학년 학생들. 예쁘고 순수하며 남 도와주기를 좋아하지만, 한편으로는 거짓말도 천연덕스럽게 하는 이면이 숨어 있기에 조심해야 했다.

해마다 새 학기가 되어 8월 말경에
새 학생들을 맞이할 때 가장 중요한 것은,
아이들과 함께 규칙을 정하고
첫 한 달 동안은 그 규칙을 계속 상기시키는 일이다.
사실은 내가 이미 정해 놓은 규칙들을 같이 정하는 듯하며
밀고 나가는 것이다.
예를 들면 수업시간에 두 번 이상 화장실을 가거나
아침에 지각을 하거나 교복을 입고 오지 않거나
점심시간에 식당에서 문제를 일으키거나 싸우거나 할 때
첫 번째 경고를 받는다. 숙제를 안해 오거나
수업을 방해하거나 시험 중 나쁜 행동을 하거나 등의
문제가 있을 때 두 번째 경고를 받는다.
아이들이 보기 쉬운 곳에
초록, 노랑, 분홍, 빨강색 사과 모양의 4단계 행동발달표를
세로로 길게 만들어 걸어놓고
매일 아침 아이들의 이름이 적힌
나무 빨래집게들을 1단계인 초록색 사과에다 달아 놓는다.
아침에 시작하는 숙제 검사 때부터
아이들의 이름표는 내려가기 시작한다.

그래서 3단계(분홍색)나 4단계(빨강색)에
이름표가 달려 있는 학생들은
오전 11시에 시작하는 휴식시간에
운동장에서 뛰어놀지 못하고 벤치에 앉아서
숙제나 반성문을 써야 하는 대가를 치르게 된다.
좋은 선택의 중요성을 훈련시키는 과정이기도 하다.
집에 가기 전에 아직도 1단계(초록색)에
이름표가 있는 모범학생에게는 스티커를 하나씩 나눠 주고
그들은 벽에 있는 각자의 예쁜 스티커 차트에 그것을 붙인다.
20여 개의 칸을 다 채우게 되면 상품이 주어진다.
큰 보물상자 안에 아이들이 좋아할 만한
공, 학용품, 장난감 등을 담아놓고 그들에게 선택하게 한다.
아이들은 필사적으로 스티커를 받으려고 노력한다.
소리를 지르거나 모욕감을 주는 것이 금지된 환경에서
긍정적인 보상 방법으로 아이들을 이끌어 가는 것이
효과적이라는 생각이 든다.
이런 개인적인 보상 외에도 그룹별, 반별 보상제도가 주어진다.
가령 한 학급을 여섯 그룹으로 나누어
자리를 정해 주고는 그 그룹 내의 모든 학생들이

숙제를 다 해올 때 그 그룹은 포인트를 갖게 되고
휴식시간이나 점심시간 때 맨 앞에 줄을 서게 되는
특권을 갖게 된다. 그리고 학급 전체는 모든 학생들이
숙제를 다 해올 때 10점, 모든 학생들이 출석했을 때
5점을 갖게 되어 100점을 달성하게 되면
조촐한 파티를 할 수 있는 영광이 주어진다.
파티라야 금요일 오후 끝나기 1시간 전에
교실에서 각자 가져온 영화 중 하나를 뽑아서
가져온 과자와 과일을 먹으며 관람하는 정도다.
하지만 아이들은 이 파티를 위해
100점을 채우려고 필사적으로 애를 쓴다.
친구들의 압력(Peer Pressure)으로
서로 숙제해 올 책임감을 갖는 효과도 있어
이 포인트 제도는 내가 좋아하는 학급 경영 방식 중의 하나다.
나의 경험으로는 미국 아이들은 감정에 호소하기보다
이성적으로 규칙을 정하고 지켜 나가자고 설득할 때
더 효과가 있는 것 같다. 다소 감정적이고 열심을 앞세워
쉽게 흥분하던 내가 이 단계에 이를 때까지 몇 년이 걸렸다.
화도 내고 울기도 하면서.

아이들,
그 해맑음 뒤의
거짓말

성선설과 성악설 중 어느 것이 옳은가에 대해서 나는 대부분의 사람들이 두 가지 성향을 다 갖고 있다고 생각하는데, 특히 자기보호본능으로 인해 성악설에 좀 더 무게를 두고 싶다.

내가 가르치는 눈이 크고 맑으며 속눈썹이 긴 예쁜 학생들은 거짓말을 잘 한다. 가끔 나쁜 말을 하기도 하고….

내가 근무하는 학교는 로스앤젤레스에서 환경이 열악하기로 소문난 곳에 자리잡고 있으므로 부모 중 한쪽이 감옥에 가 있는 아이들이 많다. 그런 사사로운 질문들은 하지 않지만 어머니날이나 아버지날 편지를 쓰거나 만들기 활동을 할 때 아이들이 무심코 사정을 말하는 경우가 있어 쉽게 짐작을 하게 된다.

그리고 부모들과의 상담시간에 할머니가 오셔서 사정을 알게 되는 경우도 있다.

그런 현실에 익숙하지 않은 나는 처음에 마음이 너무 아파서 정해진 학급 규칙을 그런 아이들에게 적용시키는 것이 괴로웠다. 하지만 공부를 열심히 시켜서 똘똘한 아이들로 만드는 것이 교사로서의 책임과 의무인 것 같아 가정환경이 어찌 되었건 반드시 숙제와 해야 할 학급에서의 일들을 끝내도록 했다.

그리고 같은 반 친구들 중 똑똑한 아이들을 일대일로 연결시켜 주어 팀워크를 강조한 것도 효과적인 학습방법이었던 것 같다.

아침마다 숙제 검사를 하는데 시간상 혼자서 다 할 수 없으므로 옆에 앉은 짝끼리 검사하고 그룹의 리더가 한 번 더 확인하는 절차를 따르고 있다. 그때마다 안 해온 아이들은 앞에 나와서 이유를 말하게 한다. 12년 동안 아이들을 경험해 보니 많은 아이들이 아무렇지 않게 거짓말을 하고 있었다.

그냥 노느라 시간이 없었다거나 잊어버렸다는 대답을 예상했던 나는, 아기가 찢어 버렸다, 엄마가 휴지통에 버렸다, 해왔는데 누가 가져갔다는 변명을 정말인 줄 알고 여러 번 속기도 했다.

그러나 조금 후에 교무실에서 온 전화에서 아무개 엄마가 숙제를 가져왔다는 말을 듣는 순간 그 허탈감이란…. 도대체 언제까지 정직(honesty)의 중요성을 강조해야 하는 걸까.

아이들에게 받아들여지든 그렇지 않든 간에 나는 일년 내내 '정직'의 중요성을 강조한다. 모든 사람은 실수할 수 있다는 사실과 함께 말이다.

"선생님도 매일 실수를 한단다. 교실 열쇠를 안 갖고 오기도 하고 점심 도시락을 집에 두고 오기도 하고 학교에 내야 할 서류를 깜박 잊고 안 갖고 오기도 하지. 실수하는 것 괜찮아. 다만 사실을 말하면 돼. 그리고 같은 실수를 하지 않도록 조심해야지."

이렇게 입이 닳도록 말한다. 그 때문인지 2학기에 들어서면 많은 아이들이 '아, 이 선생님은 사실을 말하면 화를 안 내는구나' 하고 알게 되어 거짓말을 덜 하는 것 같다.

물론 결과에 대한 책임은 자신이 져야 한다는 것을 알고 있다. 그 다음 해가 되어 다시 예전의 행동으로 돌아가는 한이 있어도 나는 계속 '정직'의 중요성을 외칠 것이다. 지식보다 중요한 것이 인성이므로!

수많은 러브 레터

2학년 쓰기 과정 중 중요한 부분이 편지 쓰는 법인데, 나는 아이들에게 내가 얼마나 러브레터 받는 것을 좋아하는지 알려 주었다. 그래서 날짜, 인사, 편지의 본 내용, 맺음말, 이름 등 다섯 가지 요소를 포함해서 편지 쓰는 연습을 하라고 가르쳐 주었다.

2학년 아이들은 예쁘고 순수하고 아직은 이성보다 선생님을 사랑하고 관심 갖는 나이이므로 나는 하루에 몇 통씩 러브레터를 받는다. 그것이 피로를 씻어 주는 청량제 역할을 톡톡히 하기에 정말 행복하다. 천성이 낙천적이고 덜 경쟁적인 성품 때문에 그들의 편지 내용은 언제나 환상적이다.

'선생님은 참 친절하고 예쁘세요. 전 선생님의 목소리, 머리

스타일, 옷 입는 것 모두 좋아요. 선생님이 최고의 선생님이에요. 선물을 준비해 주셔서 감사해요. 토요일, 일요일이 싫어요. 선생님과 헤어지기 싫어요. 사랑해요!'

점심시간에 편지를 읽으며 오전의 피곤함을 날려 버리는 이 재미를 놓칠 수가 없다.

'그래, 이 나이에 이렇게 좋아해 주고 칭찬해 주는 꼬마들이 있다는 사실은 정말정말 감사하고 행복한 일이지.'

그러던 어느 날 아래층에 있는 학생 다섯 명이 우리 반에 있게 되었는데, 나는 그들에게 담임선생님께 편지를 쓰라고 할 일을 주고는 수업을 했다. 나중에 돌려보낼 때 다섯 명의 편지를 본 나는 웃음을 참을 수가 없었다. 약간의 허탈감과 함께.

100킬로그램이 훨씬 넘는 약간 괴팍한 흑인 할머니 선생님께 쓴 그들의 편지는 '선생님, 너무 예뻐요. 사랑해요. 보고 싶어요' 하는 것이 아닌가.

그래, 학생들이 예쁘다고 편지에 쓴 걸 곧이곧대로 믿고 좋아하면 안 되는 거구나. 그들의 예쁜 마음에는 누구든 자기 선생님이면 다 예쁘고 사랑하고 보고 싶은 대상이었던 것이다.

아, 사랑스런 2학년이여!

나의 경험으로는 미국 아이들은
감정에 호소하기보다 이성적으로 규칙을 정하고
지켜 나가자고 설득할 때
더 효과가 있는 것 같다.
다소 감정적이고 열심을 앞세워
쉽게 흥분하던 내가 이 단계에 이를 때까지
몇 년이 걸렸다.
화도 내고 울기도 하면서.

2007년 겨울 크리스마스 때 아이들과 함께

완전한 발음보다 유창함이 더 중요하다

만 서른아홉 살에 미국에 온 나는
발음도 완전하지 않고 영어가 유창하게 줄줄 나오지도 않아
아이들을 가르치는 데 애를 먹었다.
초기에는 두 딸이 가끔 시간이 될 때 학교에 와서
내가 가르치는 것을 모니터해 주고
개인교습이 필요한 아이들을 가르쳐 주었다.
아이들을 가르칠 때 무심코 저지르는
단수와 복수에 대한 실수, 부정관사(a)와 정관사(the)에 대한
실수, 문법에 있어서의 실수 등 빠짐없이 메모해 두었다가
지적해 주곤 했다.

창피했지만 꼭 고쳐서 완벽해지고 싶은 마음에

열심히 노력했다.

교사라는 직업은 프로로서의 자세를 가져야 한다.

선생님이 문법과 발음 실수를 해서야 되겠는가.

영어를 배우는 데 왕도와 지름길이 있을까 싶게

하나씩 빠짐없이 연습했다.

차를 운전하며 가족들과 외출을 할 때도

갑자기 떠오르는 의문들을 쉴새없이 물어봤다.

총명한 두 딸이 이렇게 훌륭한 스승이 될 줄이야.

귀찮아할 정도로 물어보면서 때론 자존심도 상했지만

나는 이렇게 스스로를 위로했다.

"정희야, 괜찮아질 거야.

모든 의문이 풀릴 때까지 계속 물어봐.

가족이니까 용납이 되는 거야.

네가 의문이 다 풀리고 영어가 자연스럽게 나오면

그게 결국 가족들도 기뻐하는 일이 될 테니 부담 갖지 마!"

12년째로 접어든 지금은 그다지 질문이 많지 않다.

아직도 가끔 있기는 하지만….

지금도 발음할 때 R과 L이 잘못 나오는 경우도 있고

R과 L이 연이어 같이 나오는 단어는 긴장을 하기도 한다.
그리고 한국 학부모들은 W와 U 발음을 같게 한다고
흉을 보던 토요한국학교 고등학생을 떠올리며
W로 시작되는 단어를 발음할 때 신경을 쓴다.
하지만 무엇보다도 스스로를 위로하는 것은
어릴 때 미국에 오지 않은 이상 발음이
그네들과 똑같지 않은 것은 당연하다고 합리화한다.
그러나 유창하게 막힘없이 말할 수는 있어야 한다고 생각한다.
처음 2,3년까지는 자신이 없고 많이 부끄러웠지만
이제는 일년에 두 번씩 있는 학부모와의 개인 면담과
개학하자마자 있는 백 투 스쿨 나이트(Back to School Night)와
3월에 있는 오픈 하우스(Open House) 때 전혀 긴장하지 않는다.
오히려 부모님들에게 아이들을
어떻게 도와줄 수 있는가를 홍보하는 시간으로
생각하고 기대하기까지 한다.
뒤돌아보면 여기까지 오기까지 속상하고
자존심 상하고 눈물로 얼룩지며 가슴 졸이던
무수한 순간들이 있었다.

그러나 너무 조급해 하지 말고
할 수 있는 것만 골라서
차근차근 해나가는 느긋함이
절대로 필요하다고 생각한다.
자기 자신에게 지나친 반성과 요구는
오히려 깊은 실망의 나락으로 떨어지게 하고
부담스런 나날들을 만들기도 한다.
우리 학교 흑인 선생님들은 너무 느긋해서 탈이지만
'글쎄(Oh, well…)' 의 자세가
우리처럼 '빨리빨리' 와 '경쟁에서 이겨야 해' 하는
삶에 익숙한 사람들에게는
간절히 요구되는 생활태도라고 생각한다.
생사를 다투지 않는 문제일 경우,
제발 느긋하게 대처하자.
조급함은 일을 그르치는
지름길이 될 수 있기 때문이다.

교장선생님의 수업 참관

일년에 한 번씩 교사평가제도를 수행하기 위해 교장선생님의 공식적인 참관 수업이 이루어진다. 물론 수시로 장학사들, 다른 학교 교장선생님들, 우리 학교 교장, 교감선생님이 수업 중에 불쑥 들어오기도 하고 가끔 학부모들이 개인적으로 교실에 몇 십 분씩 머물다 가기도 한다. 아마 자신의 아이가 어떻게 행동하는지, 선생님은 어떻게 가르치는지 궁금한 분들이리라.

그런 방문 중에 공식적인 교장선생님의 수업 참관은 며칠 전, 아니 초기에는 몇 달 전부터 나를 긴장시키곤 했다. 특히 첫 3년 정도는 주어진 40분 수업에 어떤 말을 할지 일일이 노트북에 적고 달달 외웠을 정도였다.

아침저녁 학교를 오가는 차 안에서 소리 내어 연습을 하기도 했다. 그리고 시청각 재료를 수업 내용에 맞게 잔뜩 준비했다.

하지만 전혀 예상치 않은 말썽꾸러기들로 인해 수업의 흐름이 원활하지 못할 때는 너무 당황해서 그 다음 단계를 혼동하여 수업 진행이 매끄럽게 되지 않아 속상한 적도 있었다.

그런 몇 번의 경험이 있은 후 요즈음은 미리 아이들에게 뇌물성 협조를 구하곤 한다.

"여러분, 교장선생님께서 여러분이 얼마나 선생님 말씀을 잘 들으며 수업하는지 보고 싶어하셔서 내일 우리 교실로 오신대요. 교장선생님을 쳐다보지 말고 그곳에 아무도 없는 것처럼 선생님과 함께 열심히 수업을 하면 교장선생님이 나가신 후 애니멀 쿠키(또는 에이비씨 쿠키) 네 개와 스트커 한 장씩을 줄 거예요."

당일 날 수업 직전, 교장선생님이 들어오시기 바로 전에 다시 한 번 약속을 상기시키는 것을 잊어서는 안 된다. 우리 순진하고 어여쁜 꼬마들은 열심히 손을 들며 협조해 준다.

교장선생님이 나가시자마자 긴장해서 잊고 있던 쿠키와 스티커를 바로 요구하는 것은 물론이다.

교실에서의 매너와 인성교육

아주 오래전, 아마 30대 초였으리라.
미국에 다녀올 일이 있었는데 그곳 공항 면세점에서
미국 아이들(아마 유치원이나 1학년쯤 된)이
어찌나 예의가 바르던지…
자기들끼리 뛰어놀다가 내 앞을 지날 때
"익스큐즈미" 하며 지나는 게 아닌가.
"땡큐", "쏘리", "익스큐즈미", "하이" 하며
웃음 띤 얼굴로 말하는 아이들에게
참 좋은 인상을 받았던 기억이 난다.
여기에 와서 교사 생활을 하면서 느낀 것은

미국 아이들의 바른 예의와 인사성은

어릴 때부터 학교에서 귀가 닳도록

예절교육을 한 결과라고 생각한다.

물론 집에서도 그런 교육을 시키지만 말이다.

유치원 첫날부터 '남을 존중하자(Respect others!)' 는

예절교육을 받는다.

구체적으로,

선생님이 얘기할 때는

조용히 선생님 눈을 쳐다본다.

친구가 앞에 나와 의견을 말할 때는 손을 무릎 위에 올려놓고

친구 이야기를 잘 듣고, 질문이 있을 때는 조용히 손을 든다.

사람들과 얼굴을 마주칠 때는 조용히 미소를 지어 준다.

줄을 서서 참을성 있게 차례를 기다린다.

남을 앞질러 갈 때는 '실례합니다' 라고 말한다.

휴지는 꼭 휴지통에 버린다.

밥을 먹을 때는 입에 있는 음식을 다 씹어 삼킨 후 이야기한다.

책임감 있는 학생이 된다.(숙제는 본인이 챙긴다.)

교실에서는 절대로 뛰지 말고 조용히 다닌다.

교실에서 인터폰으로 선생님이 통화할 땐 모두 한 손가락을

입술에 대고 다른 한 손은 번쩍 들어 조용해야 함을 표시한다.
다른 학생이 나쁜 말을 하거나 때릴 때 똑같이 반응하지 말고
선생님께 와서 말한다.
학기 초 첫 한 달은 예절과 인성교육을 중점적으로
반복해서 가르친다. 처음 교사 생활을 할 때는
아이들이 너무 자주 너무 많이 와서
고자질을 해 귀찮기도 했는데,
아직 온전한 판단력이 없는
어린 아이들은 항상 '어른' 들에게 말하라고
교육을 받아온 것이다.
이제는 똑같은 말도 성가셔 하지 않고
친절하게 가르치려고 애쓴다.
상식 있는 어른들로부터의
정확한 지시가 필요한 나이이므로
참을성 있게 기다리며
그들의 인성을 만들어 가야 하는 것이다.

미국의 교사 정년과 노동조합

한국과 달리 미국은 교사의 정년, 즉 몇 살에 퇴직을 한다는 것이 명시되어 있지 않다. 퇴직연금을 받을 수 있는 자격은 30년 이상 근무했거나 만 55세 이상이 되었을 때부터다. 나는 최근 몇 년 전에야 이 사실을 알았다.

우리 학교에 계신 유치원 선생님은 나이가 꽤 드신 것 같은데 옷을 화려한 색으로 잘 입으셔서 65세쯤 되셨나 짐작하고 있었다. 그런데 어느 날 증손자 얘기를 하셔서 깜짝 놀란 나는 직접 물어보는 것은 실례인 것 같아 그분과 친한 선생님에게 여쭤 봤더니 70세가 훨씬 넘으셨다고 한다.

그러고 보니 작은딸이 중학교에 다닐 때 유독 할머니 할아버지 선생님이 많았던 것이 생각났다.

개인적인 내 의견은 본인의 기억력과 신체능력에 따라 다르겠지만 60세가 넘으면 젊은 선생님들에게 자리를 내어주는 것이 학생들이나 학부모들에게 도움이 된다고 생각한다.

오랜 경험도 중요하지만 빠르게 변화하는 컴퓨터 프로그램과 여러 가지 새로운 기계들을 다루기가 어려울 뿐만 아니라, 행동과 사고도 변화에 익숙하지 않아 학생들에게 매력 있는 수업을 제공하기가 쉽지 않기 때문이다.

미국의 교사노동조합은 힘이 막강하기로 유명한데, 교사로서 그 제도 안에 있다는 것은 안정적이고 보호를 받을 수 있어 감사하기도 하다.

하지만 요즘 불고 있는 교사를 해임할 수 있는 새로운 제도에 찬성한다. 교사가 여러 가지 합리적인 이유로 지탄을 받을 때는 공정한 조사를 거쳐 적절하게 처벌을 받아야 한다고 생각한다.

미국의 노조는 여러 면에서 성숙하게 자리를 잡았다고 판단된다. 예를 들면 올해 초 7년 동안 교사 봉급이 오르지 않은 것에 불만을 품은 교사들이 우리 구역 장학관의 획기적인 봉급 인상을 빌미로 스트라이크를 일으켰다.

당신만 협상을 잘해 높은 봉급 받지 말고
교사들도 챙겨 달라는 의미였던 것이다.
교육구에 미리 알려지지 않게
개인 이메일로 교신을 하고 방과 후 학교 주차장에 모여
어떻게 효과적으로
봉급 인상을 요구할 것인지를 의논하고
방법론이 전달되었다.
학교 수업은 정상적으로 하고
아침저녁으로 한 시간씩 피켓을 들고
학교 앞과 교육구청 앞에서 시민들에게 홍보를 하여
여론을 조성하는 것이 우리의 전략이었다.
우리 구역 장학관이
어찌어찌해서 자신의 봉급을 파격적으로 올려 받았는지,
그것이 어떻게 알려졌는지 모르지만,
퍽 신사적이고 평화적으로 시위가 이루어졌다.
우리 학교 40여 명의 선생님들 중
반만이 시위에 참가했고
교장선생님은 아침에 커피와 도넛을 가져와
우리를 격려했다.

약속된 일주일이 지나자
모든 것이 정상으로 돌아왔고
그로부터 2주일 후 노조장으로부터
봉급 인상이 합의되었다는 소식을 들었다.
조금 피곤했지만 나는 적극적으로 시위에 참여했고
많은 것을 깨달았다.
반 정도만 참여했는데 그들이 나머지 선생님들을 비난하거나
나쁘게 생각지 않는 태도와 교육구청 앞에서 전단지를
지나가는 시민들에게 나눠 주며 설명하는
그들의 행동에서 성숙한 민주주의를 느낄 수 있었다.
지나가는 차들은 경적을 울려 주며 시위를 격려하기도 했고
무관심으로 일관하기도 했고 화를 내기도 했다.
적어도 일할 자리가 있으니 감사해야지 하면서.
그들의 태도와 상관없이 평화적이며 긍정적으로
자기 뜻을 표현한 그 시위는
나에게 조그만 기쁨까지도 가져다주었다.
'그래, 힘을 합쳐 우리의 뜻을 알리면 되는 거야!'

체육시간의 말실수

하루에 30분 정도 의무적으로 체육을 하게 되어 있다. 학년별로 교사들 재량에 따라 교사 두 명이 여섯 학급을 맡아 가르치거나 각자 자기 반만 데리고 나가 운동을 하거나 한다.

아이들에게는 가장 기다려지는 시간이지만 나로서는 가장 덜 기다려지는 시간이다.

캘리포니아의 강렬한 뙤약볕 아래서 교실 안에 갇혀 있다가 넓은 운동장에서 자유를 만끽하는 아이들을 통제하기가 쉽지 않기 때문이다. 체조로 몸을 풀고 운동장을 같이 걷거나 가볍게 뛴 후 간단한 게임을 한다.

3학년을 가르칠 때는 발야구, 축구, 농구, 피구, 테더볼,
포스퀘어 등 게임 코너를 만들어 매일 반별로 돌아가며
게임을 즐기기도 했다.
교사 생활 초기에 있었던 말실수 경험을 고백하고 싶다.
그날은 옆반과 피구 경기를 하고 있었다.
우리 반 아이들이 선 밖에 있고 옆반 아이들이 안에 있어서
우리가 시간 여유를 주지 말고 공을 빨리 던져 안에 있는
아이들을 다 잡아야 하는 상황에 있었다.
나는 너무 흥분한 나머지 "죽여라, 죽여!"의 직역인
"Kill her! Kill him!"을 외쳐대고 있었다.
그러면서도 '미국 아이들도 이렇게 원색적으로 말할까?'
하며 슬그머니 목소리를 낮추고 의문을 품게 되었다.
그날 집으로 가는 고속도로에서 딸아이한테 전화로 물었더니
"엄마, Get him out! 하셔야 해요" 하며
막 웃는 것이 아닌가. 어쩐지 느낌이 이상했다.
그래 '죽여라' 대신 '그를 잡아내라'가 맞겠구나 하며
걱정이 되기 시작했다. 제발, 우리 아이들아!
집에 가서 내가 한 말을 부모님께 이르지 말아다오!

부모님들과의 공식적인 만남

우리 학교는 일년에 네 번
부모님들과의 공식적인 만남의 기회가 주어진다.
첫 번째는 8월 중순 개학을 한 후 10일쯤 뒤에
'백 투 스쿨 나이트' 라고 하여
오후 5시부터 7시까지 부모님들을 초청한다.
먼저 강당에서 각 학년 학급별 담임 소개가 있고
각 반으로 들어가 담임선생님으로부터
시간표, 교과과정, 학급규칙 등의 설명을 들은 후
부모로서 어떻게 아이들을 도와줄 수 있는가에 대한
이야기를 나눈다.

직장에 다니는 부모님을 위해 저녁에 하는 것인데,
보통 70% 정도 부모들이 참석해서 의견을 나눈다.
나는 이 시간을 참 좋아한다.
학급의 상벌 규정과 숙제 제출, 건강한 간식 보내기,
물통 보내기 등을 부탁하기도 한다.
그 다음 날부터 아이들이 달라진 것을 볼 때
부모님들과의 원활한 소통의 중요성을 절감한다.
두 번째와 세 번째는 10월과 4월에 있는 개인 면담이다.
한 학생에게 15분의 시간이 주어지므로
그 면담 기간에는 3일 동안 학생들이 오후 1시에 하교하고
그 이후에 한 명씩 부모님과 상담을 하게 된다.
주로 학교 성적과 숙제, 행동 등에 관해 의견을 나누고
성적표를 교부하는데, 교사로서 가정환경과
학생의 학업 분위기를 파악할 수 있는 매우 귀중한 기회다.
네 번째는 3월에 있는 '오픈 하우스' 인데
이때는 부모님들이 단체로 오후 5시부터 7시까지
각 학급으로 초대되어 그동안(거의 1년 가까이) 갈고 닦은
솜씨들을 보여 드리는 기회다.

각자의 포트폴리오에 그동안 공부했던 작문들,
프로젝트들을 모아 책상 위에 진열해 놓고
부모님 손을 잡고 교실 구석구석을 돌며
벽에 걸린 작품과 점수 등을 설명하는 시간으로
학생과 교사들이 정성들여 준비하는 행사이기도 하다.
거의 80% 이상의 부모님들이 네 번의 공식적인 행사에 참가해
아이들의 발달 상황을 살펴보게 된다.
안타까운 것은 정작 도움과 관심이 필요한 아이들의 부모들은
안 나타나는 경우가 많다는 것이다.
부모님이 영어를 할 수 있는지 없는지는 중요하지 않다.
기회 있을 때마다 반드시 참가해서
관심과 사랑을 보여 주어야 한다.
아이들은 칭찬과 격려 그리고 사랑을 먹고 자란다.

story _ 05

정신적 버팀목,
나의 신앙생활

story _ 05

하나님의 손길

1990년 싱가포르에 살 때 세례를 받은 나는 1999년 이곳 미국에 올 때 적잖이 걱정이 되기도 했다. 주말이면 가족들과 놀러 다니느라 신앙생활을 소홀히 하면 어쩌나 하고. 고등학교와 대학교를 미션 스쿨을 다녔고 어릴 때도 간간이 교회를 다녔기에 늘 '확실한 크리스천이 되어야지' 하는 마음을 갖고 있었다.

그러던 중 싱가포르에서 지낸 5년 동안 구역예배, 영어성경공부, 성경암송대회 등 갓난 둘째딸을 데리고 열심히 쫓아다녔다. 한국에 돌아와서는 직장 다니랴, 두 딸 키우랴, 너무 바빠서 간단히 주일 성수만 할 정도였다.

하지만 늘 빚진 마음이 있었다. '맨날 핑계만 대고 도대체 언제

진실하고 신실하게 신앙생활을 할 수 있는 거야?' 하며 자신에게 물어보곤 했다.

그런데 미국에 오자마자 교회에 잘 나가지도 않던 남편이 회사 사람들에게 알아본 후 교회 두 곳의 이름과 주소를 가져왔다. 우리는 두 곳을 다 가본 후 교회를 정하고 처음 2, 3년은 주일에만 나가는 정도였다.

나는 교사자격증 코스를 밟느라 주말에도 숙제하랴 그룹 프로젝트하랴 구역예배도 제대로 참석하지 못했다. 솔직하게 말하면 금요일 저녁도 찬양예배를 드리러 가기보다 외식을 하러 가거나 영화를 보면서 한 주일 긴장했던 날들에 대한 보상이라고나 할까 좀 느긋하게 즐겨보고 싶었다.

이런 우리 가족을 보고 안타까워하던 구역장님에게 나는 이렇게 변명하곤 했다.

"구역장님, 조금만 더 기다려 주세요. 곧 좋아질 거예요."

그런데 지금은 13년째 주일학교에서 아이들을 가르치고 있다. 처음 몇 년은 아이들에게 영어로 설교하는 것 때문에 금요일 저녁부터 긴장되었는데 요즘은 많이 수월해졌다. 교사 생활을 시작하기 일 년 전부터 주님을 기쁘게 하고 싶은 마음과 영어로 말하고 가르치는 연습을 해야 된다는 의무감이 뒤섞여 주일학교 교사를 자원해 왔는데, 지금은 어린 천사들에게 주님 말씀을 심어 준다는 기쁨과 자부심으로 감사히 감당하고 있다.

기독교는 체험의 종교라고 생각한다. 늘 '마지막 날에 알곡과 쭉정이를 가려내실 거라' 는 말씀에 혹시 내가 쭉정이면 어쩌나 하고 걱정이 되었고, '날더러 아바 아버지라 하는 자마다 다 천국에 올 것이 아니다. 내가 너를 도무지 알지 못한다' 고 말씀하시면 어쩌나 하며 확실히 거듭난 자로서의 자신이 없었고 불안하기만 했다.

그러던 어느 날 2006년으로 기억되는데, 로스앤젤레스에 있는 큰 교회에서 서울에서 오신 부흥 목사님의 설교를 듣는 중 주님을 강하게 느끼는 신체적인 체험을 하게 되었다. 그 이후 주님의 손길을 느끼며 이제는 전혀 의심하거나 자신없어 하지 않고 주님을 사모하고 그 임재하심을 누리며 은혜 가운데 지내고 있다.

4년 전부터는 집 근처의 미국 교회에도 나가며 구역 할머니 할아버지들과 매주 목요일에 모여 성경공부도 하고 있는데, 정말 그들의 진지함과 몸으로 실천하는 이웃 사랑을 보며 많이 느끼고 배우고 있다. 목, 금, 토, 일요일 잠깐씩이라도 성경공부를 하고 예배드리는 축복의 시간을 가질 수 있어 감사할 따름이다.

외롭진 않은데 무서움을 타는 나

남편이 서울 본사로 발령이 나고
나는 두 딸을 이곳에서 고등학교와 대학교에 보내겠다는
어려운 결정을 하고 많이 울었다.
남편의 그늘에서 편안하게 살아온 세월을 뒤로하고
이제는 가장으로서 일을 하며 아이 둘을 키워야 했던 것이다.
두 딸이 보스턴에서 대학을 다니는 동안은
무서움과 싸워야만 했다.
아담한 이층집에서 혼자 사는 것이 너무 무서웠다.
바쁜 생활과 낙천적인 성격 탓에 외로움을 타진 않았지만
어두워지면 누가 나타날 것만 같고,
아무나 총을 소지할 수 있기 때문인지

누가 새벽에 총을 들고 들어올 것도 같고,
특히 뒷마당에는 낮에 정원사가 왔다 갔다 하므로
잠금장치가 없는 울타리로 한밤중에 도둑이 들어올 것도 같았다.
겨울에는 퇴근해서 오기 전에 깜깜해져 버려
부엌에서 얼른 밥을 먹고 이층에 올라가면
아침까지 내려오지 않는 경우도 많았다.
텔레비전도 안 보고 부엌 냉장고에서
가끔 소리가 나도 내려와서 확인하지 않았다.
그저 빨리 잠자리에 들고 내일 아침이 오면 좋겠다고 생각했다.
그리고 또 한 가지 걱정은 비행기를 탈 때의 흔들림이었다.
학교에서 긴 휴일이나 방학이 되면
남편의 직장이 있는 곳으로 가거나
아이들이 공부하고 있는 동부로 가곤 했는데,
그때마다 비행기가 조금만 흔들려도 '난 이제 죽는구나' 하며
거의 기절 직전까지 가곤 했다.
한번은 보스턴에서 로스앤젤레스로 돌아올 때
비행기가 너무 많이 흔들려 나는 주기도문을 끝없이 외우고
옆에 있는 미국 청년을 붙잡고 울기도 했다.
지금 생각하면 너무 주책을 부린 것 같지만.

나의 오랜 이 두 가지 무서움은
이제 언제 그랬느냐는 듯이 없어져 버렸다.
주님께 아주 깊이 아주 오랫동안
이 두 가지 공포를 없애 달라고 기도했다.
우리의 작은 신음까지도 들으시는 주님께서
우리가 확실하고 구체적으로 기도하는데
어찌 안 들어주시겠는가.
가장 좋은 것으로 우리에게 주실 주님임을 확신할 때
당장 겪는 어려움도 우리를 강하게 하기 위한
과정임을 굳게 믿고 이겨나가야 한다.
특히 요즈음 나는 주님께서 우리 각자의 삶에
알맞은 멋진 그림을 주셨다고 확신하게 되었다.
그 멋진 그림이 완성되어 가는 과정에서
힘들고 답답하고 이해하기 어려운 문제들을 만나게 되는데
그것들을 지나갈 때 비로소 큰 그림이 완성된다고 생각한다.
고난을 이기는 자세가 중요한 것이다.
좌절하고 포기하지 말고 긴 밤 뒤에 아침이 오듯
이 길 끝에 승리의 길이 있다고 믿고 감사함으로 극복하자.

행복해 지는 법

나는 친정엄마의 낙천적인 성격을 물려받아서인지
늘 밝고 웃음이 많은 편이다.
간혹 피곤하거나 뭘 좀 생각하려고 조용히 있으면
무슨 안 좋은 일이 있느냐고 물을 정도다.
몇 년 전 학교에서 교사들 간에 심심풀이로
누가 항상 멋지게 옷을 입나, 누가 잘 늦나,
누가 가장 친절한가 등을 묻는 설문지를 돌려
학년말에 발표회를 가진 적이 있다.
그때 가장 친절한 선생님으로 뽑혀 무척 기뻤다.
부족한 영어 실력 대신 늘 웃으며 안부를 묻고
껴안아 주곤 했는데 그걸 좋게 받아준 것 같다.
웃음은 만국의 공통어라 하지 않았는가.

지금도 중학교 때 나를 행복하게 해 주던
순간들을 떠올리며 웃음을 짓곤 하는데,
힘든 공부를 하면서 끝나면 영화를 봐야지,
새우깡을 먹으며 보고 싶은 책을 읽어야지,
친구랑 빵집에 가서 고로케랑 크림빵을 먹어야지 하면서
그 지루한 시간들을 희망을 갖고 극복했던 순간들이 떠오른다.
그런 습관은 지금까지 이어져 교사자격증 코스를 공부할 때도,
그 지겨운 여러 종류의 교사자격증 시험 준비를 할 때도,
그리고 학생들 시험지를 채점하고 성적표를 준비하는
요즈음에도 작은 보상과 희망으로
하기 싫은 일들을 긍정적으로 기쁘게 하려고 하는
자신을 발견한다.
지난여름 한 친구가 속상하거나
슬럼프에 빠지지 않는 비결이 뭔지 아느냐고 물은 적이 있다.
답을 생각할 겨를도 없이 그 친구가
"사람들을 안 만나면 돼!" 하고 말해
웃었던 것이 생각난다.
그렇다. 비교당하고 경쟁하려는 데서
불행이 싹트는 것 같다.

일단 목표를 세우고 나면

남과 비교하지 말고 꾸준히 자신을 격려하며

목표지점을 향해 나아가야 한다.

선의의 경쟁은 서로를 향상시키므로

좋은 결과를 가져오기는 하지만

때로는 마음이 힘들고

좌절감을 가져다줄 때가 많다.

각자의 능력과 그 능력을 발휘하는 속도가

다르다는 것을 인정하고 자기가 처한 환경에서

최선을 다하는 것이야말로 승리의 자세라고 생각한다.

어리고 젊었을 때는 절대적인 숫자

'1등' '첫번째' '제일' 이라는

단어에 현혹되어 마음고생을 많이 했다.

그걸 이루고 싶어서….

하지만 좀더 성숙해진 지금은 어떤 위치에 있던지

꾸준히 노력하는 자세가

가장 값진 삶이란 생각이 든다.

유교사상의 '겸손'에 익숙해 있는 우리는
자신에게 후한 점수를 주지 않는데
그런 태도가 우리를
좌절과 우울증에 빠지게 할 때가 많다.
자존감 있는 삶과 잘난 체하는 삶은
그 본질이 다른 만큼 어색해하지 말고
자신을 돌아보고 파격적이며 긍정적인 평가를 하는
연습을 하자.
'잘 해왔어, 다 잘 될 거야!' 하면서 말이다.
다시 한 번 말하지만,
결과보다 과정이 중요한 우리 삶이 아닌가.
매순간을 즐기자.
힘든 순간에도 작은 보상을 주어 가면서.

교회 유치부 아이들의 귀여운 모습

story _ 06

내 삶의 주인공들

story _ 06

난 엄마랑 반대로 살 거야

우리 엄마가 나를 낳으셨을 때 할머니를 비롯한 모든 가족들이 참 기뻐하셨다고 한다. 우리 할머니는 아들만 여섯을 낳으셨고 엄마는 아들 둘을 낳은 터라 딸인 내가 세상에 나왔을 때 모두들 '고명딸' 이라며 좋아하셨던 것이다.

아버지는 북청, 엄마는 개성 출신인데 6 · 25 때 남한으로 내려오셨고 부모님과 형제들, 친척들이 모두 이북에 남아 있는 이산가족이다.

나는 유치원 때의 기억부터 남아 있다. 그 이전 일들은 생각이 나지 않으니 만 다섯 살부터 만 쉰네 살까지 나의 이야기를 적어 보려 한다.

우리 가족은 할머니, 아버지, 엄마, 오빠 둘과 나, 이렇게 여섯 명이었다. 그런데 초등학교 때까지 아버지의 두 남동생, 즉 삼촌들이 한 집에 같이 살고 있어 총 여덟 명이었다.

어릴 적 나의 기억은, 불쌍한 우리 엄마가 개성에서 큰오빠랑 내려와 친척이라고는 없는 이 남한에서 성격이 강하고 질투심이 많은 할머니의 시집살이를 심하게 하시는 힘든 상황으로 얼룩져 있다. 돌아가신 할머니를 서운하게 할 생각은 없지만, 우리 엄마는 정말 혹독한 시집살이를 하셨다.

하지만 낙천적이고 사교적인 사랑스런 엄마의 성격은 그 힘든 생활을 지내온 흔적을 찾아볼 수 없다. 지금도 건강하게 바쁘고 활기찬 노년을 보내고 계신다. 오직 감사할 뿐이다.

어릴 적 기억 속의 엄마는 '현모양처' 형이다. 늘 부엌과 시장을 오가며 살림만 하시던 엄마가 불쌍해 보여 '난 엄마랑 반대로 살 거야' 하며 오기를 부리며 사춘기를 보내기도 했다.

어린 시절 엄마에 대한 연민으로 가득 차 엄마를 기쁘게 해 드리려고 많이 애썼던 것 같다. 공부는 물론이고 다른 모든 생활에서도 이미 힘든 삶을 살고 있는 엄마를 위로해 드리려고 괜찮은 딸로 자라고 싶었다.

유치원은 서울 제기동에 있는 '호산나유치원' 을 다녔는데, 두 가지 기억이 지금도 선명하게 남아 있다.

첫 번째는 어떤 귀여운 남자아이가 집에 가서 “엄마, 우리 유치원에 예쁜 아이가 왔어요” 하더란다. 그래서 다음 날 그 엄마가 날 보러 왔는데 머리도 짧고 까무잡잡한 꼬마가 앉아 있더라는 것이다. 나중에 그 집에 엄마랑 놀러 갔을 때 어른들끼리 하는 얘기를 듣게 되었는데, 그 아이의 말이 나의 자존감을 높이는 첫 모멘트가 되었다.

그 어린 나이에도 까맣고 말라서 ‘깜장콩알’이라는 별명을 가진 내가 낮은 자존감에 빠져 살았다는 생각이 든다. 지금은 미국 중서부 어느 땅에 살고 있다는 그 아이에게 고맙다는 말을 전하고 싶다.

두 번째는 사립 초등학교 추첨에서 떨어졌을 때의 장면이다. 회기동에 있는 경희초등학교에 들어가려고 몇몇 유치원생들과 과외까지 하며 시험 준비를 했는데, 갑자기 입학 전형이 바뀌어 동생 없는 5학년 학생들이 은행알을 돌려 추첨을 하는 것이었다. 그 추운 날 운동장에 서서 희비가 엇갈렸던 기억이 지금도 생생하다. 내 앞 번호와 뒷 번호는 모두 추첨되었는데… 무척 속상해 하시는 엄마에게 나는 이렇게 말했다.

“엄마, 걱정 마세요! 다른 학교에 가서 공부 열심히 할게요. 더 잘할 테니까 슬퍼하지 마세요!"

난 내가 뭘 말했는지는 잘 모르겠다. 그냥 불쌍한 엄마를 위로해 드리고 싶었을 뿐이었다. 그 때문인지 중학교, 고등학교, 대학교는 좋은 곳에 다닐 수 있는 행운이 따라주었다. 그때 마음고생에 대한 보상이라도 하듯이….

홍파초등학교에서의 기억은 잘 나지 않지만 4학년부터 남학생반 여학생반으로 나뉘어졌고, 간식으로 옥수수빵과 우유를 배급받아 먹던 기억, 수학경시대회에 나가려고 준비했던 순간들이 떠오른다.

나의 학창시절은 중학교 때 절정을 이룬 것 같다. 추첨으로 배정받은 동덕여자중학교는 동대문 근처 신설동에 있었는데 역사와 전통을 자랑하는 꽤 좋은 학교였다.

중학교부터 친구들을 잘 사귀어야 한다는 말씀을 가슴에 새기고 첫 출발을 했다. 새 학기 첫날 강당에서 있었던 조회는 너무 길었고 화장실이 급했던 나는 모든 학생들이 '열중쉬어' 자세로 조용히 참여한 조회와 선생님들이 무서워 그만 강당 바닥에 실수를 하고 말았다. 중학교 1학년생, 강당에서 오줌싸다–나의 중학 생활은 이렇게 시작하고 말았다.

그 창피함을 만회하는 데 참 오래 걸렸다. 하지만 나의 왈가닥 기질과 공부에 대한 열정으로 3년간 반장을 했고, 중학교 2학년 때는 일 년 내내 전교 1등을 놓치지 않았다. 그때의 성적표가 자랑스러워서 잘 보관했다가 시집가면 아이들에게 보여 주어야지 하고 마음먹었었지만 어디에 두었는지 생각이 나지 않는다.

그때는 교무실 앞 복도 위에 종이를 길게 붙여 놓고 누가 1등을 했는지 다 보게 했다. 아마 동기 부여 차원에서 나온 발상이었던 것 같다. 그때 500여 명 중에 전교 1등을 놓치지 않고 일 년을 버텼던 기억은 나에게 일찍 여러 가지 교훈을 남겨 주었다. 머리가 비상해서 별로 노력을 안 해도 공부를 잘하는 '수재형' 이 아니었기에 1등을 유지한다는 것이 얼마나 힘든지 충분히 터득했다.

나는 "공부만 잘하는 것이 중요한 게 아니라는 삼촌의 말씀도 일리가 있어…" 하며 친한 친구 정현, 효경과 '고려분식집' 을 오가며 말괄량이 삼총사로 행복한 시간을 보냈다. 방과 후 청소 시간에 교무실 바로 옆에 있는 교실에서 벌어지는 왈가닥들의 웃음소리. 긴 빗자루와 걸레를 타고 다니며 막 가슴에 몽우리가 생기는 친구들의 가슴을 벨 누르듯 꾹 누르고 뛰어다니곤 했다.

그때 담임이셨던 문부자 선생님께서 "너희들 때문에 창피해

죽겠다"며 야단을 치셨지만 우리는 돌아서서 킥킥거리며 또 떠들던 왈패들이었다.

그 시절 베스트프렌드였던 정현이와는 지금도 절친으로 지내고 있다. 당시 신당동에 살았던 정현이와 떡볶이집에서 신나게 먹던 기억도 생생하다. 버스를 타고서도 왜 그리 낄낄대며 떠들었는지…. 내릴 때 '잘가' 대신 '끊어' 하며 내려 또 혼자 얼마나 웃었는지…. 하도 전화로 수다를 떨어 버릇이 되었던 것이다. 휴대폰이 없던 시대에 집전화로 그렇게 끊이지 않는 수다를 떨었었다. 그래도 지금 생각하면 그때가 제일 행복했다. 넘쳐나는 패기와 자신감….

고등학교는 감사하게도 서대문 근처에 있는 명문 '이화여고'에 추첨이 되었다. 우리가 제비뽑기 3년차여서 전 학년이 추첨으로 입학한 경우라 입시를 치른 선배들로부터 구박도 받지 않고 아름다운 교정에서 수요예배를 드리고, 유관순기념관, 개교 90주년 행사 등을 즐기며 3년을 보냈다.

그런데 불행하게도 나의 고등학교 생활은 그리 재미있지 않았다. 친한 친구들도 없었고, 공부는 수학에 흥미를 잃어가며 2학년 때부터 실력이 처지고 말았다. 급기야는 대학에 들어갈 때

수학을 보지 않고 논술을 보는(당시엔 최초로) 이화여대 사범대학 교육심리학과에 지원해 합격했다. 신문방송학과나 심리학과 모두 매력이 있었지만 사람의 마음을 이해하는 데 도움을 줄 것 같은 심리학과에 더 관심이 있어서 그쪽을 택했다.

35년이 지난 지금 상황에서는 학과를 선택할 때 졸업 후 취업을 더 고려해야 하지만, 당시에는 자유롭게 선택하는 분위기였다. 결혼할 때 간판용으로 대학을 갔다고 하면 조금 지나친 표현일까? 아무튼 일단 합격하면 미팅이다 뭐다 하며 신나게 노는 풍조였다.

나는 대학 일 년을 별로 재미있게 보내지 못했다. 우리 교육심리학과는 30명이었는데 삼삼오오 짝을 지어 다니며 놀았다. 어느 그룹에도 끼지 못한 나는 몇몇 홀로파들과 다니곤 했는데, 서울고등학교 출신 남학생과 하는 독서클럽에서 발야구, 설악산 등반 등을 하기도 했다. 가끔 미팅도 하면서….

대학생활의 전성기는 2학년 말부터 졸업할 때까지인 듯하다. 현주, 혜란, 주연, 경주, 경희와의 '꼬마' 그룹에 끼면서 내 팔자가 폈다고나 할까? 이 여섯 명의 아가씨들은 공부도 스터디 그룹이라는 이름으로 모여서 하고 신나게 춤도 추러 다니고 축제 때는 머리를 맞대고 계획을 세워가며 with man? or without

1982년 대학 4학년 때 하와이 여행.
학생회에서 두 명의 교수님을 모시고
각 단과대학 대표들과 하와이 및 미국 서부지역 대학을 방문했다.

man? 하며 주제를 정하고 여행도 다녔다. 너무나 풍성한 기억과 추억과 해프닝들….

엄격하신 아빠 몰래 학교에서 가는 MT라고 속여 가며 갔던 여행들이 너무 소중하고 기억에 남는 건 뭘까?

학생회 친구들과 갔던 춘천, 남이섬, 거제도 등의 여행은 정말 지금도 누구에게든 강력히 권하고 싶다. 인간은 추억을 먹고 산다고 하지 않았던가 말이다.

대학 3, 4학년 때는 스키도 타러 다니고 춤도 추러 다녔으며 데이트도 많이 했다. 우리 여섯 명 그룹의 특징은 비밀이 없다는 것, 무슨 주제든지 서로 터놓고 얘기했고, 서슴지 않고 도마 위에 올려놓고 비판했으며 서로를 위해 조언을 아끼지 않았다. 다들 똘똘했고 색깔이 분명했고 바르게 살고 싶어 했다.

한번은 학교 도서관에서 중간고사를 준비하고 있었다. 그중 한 명이 데이트에서 키스를 했다는 정보가 있었다. 우리는 모두 공부를 멈추고 도서관 앞 잔디밭에 모였다. 그리고 한 사람씩 돌아가며 질문을 퍼부었다.

지금 생각하면 얼마나 개인적이고 당혹스러운 일이었던가 싶다. 한 사람이 데이트를 하다가 헤어졌을 때도 우린 머리를 맞대고 의견을 교환하고 같이 웃고 같이 울어 주었다.

그때부터 지금까지 35년 동안
우린 서로에게 솔직하고 진지하다.
이 고귀한 만남의 끈은
내 인생에서 놓칠 수 없는 소중한 보석이다.
결혼 직후 각자의 생활에 바빠 가까이하지 못했지만
이젠 아이들이 크고 나이를 먹어감에 따라
더욱 그리워하고 만나고 싶어하는 관계가 되었다.

인생의 중반기를 걸어가고 있는 지금,
돌아보면 가장 소중한 것은 좋은 친구들과의 만남이었다.
오랜 세월을 같이 걸어온 가족 같은 느낌.
서로에게 솔직해진 지 35년.
각자 다른 모습으로 다른 길을 가고 있지만
결국은 인생의 종착역을 향해 걸어가고 있지 않은가!
우리 모두의 삶이 하루하루 행복하고 바르게 살면서
이 세상에 조금이라도 도움이 되었으면 좋겠다.
서로 건강하면서 말이다.

엄격한 아버지와 살림꾼 엄마

13년 전에 돌아가신 아버지는 교육열이 매우 높으셨고 효자셨다. 영어를 참 잘하셨고 항상 책을 가까이 하셨으며 다소 보수적인 분이셨다. 특히 여자인 나에게는.

그리고 공부에 관한 한 진취적이고 개방적이셨다. 딸, 아들 안 가리고 공부를 많이 할 수 있도록 격려해 주신 덕분에 우리 삼형제는 교육계에 종사할 수 있었다. 늘 책을 보셨던 아버지는 내가 고3 때에도 나보다 더 늦게까지 불을 켜놓고 책을 읽으셨다.

대학교 여름, 겨울 방학 때마다 난 계획표를 제출하곤 했다. 일어를 배운다, 수영을 배운다, 붓글씨를 배운다는 등의 명목으로 재정적 지원을 요청했다. 한번은 아버지의 어깨에 너무 무거운 짐들이 달려 있는 것 같아 "아빠! 우리 때문에 돈도 많이 들고 힘드시지요?" 했더니, "너희들 때문에 돈을 벌어야 할 명목이 있어 기쁘지!" 하셔서 나를 감동시키셨다. 나이 터울이 적은 우리 삼남매가 대학을 동시에 다녔으니 얼마나 힘드셨을까.

딸인 나에게 아버지는 귀가 시간과 남자 친구에 대해 굉장히 엄격하셨다. 대학교에 들어간 후 나의 귀가 시간은 '해 지기 전'이었다.

제기동에 있는 집에서 신촌에 있는 대학까지 버스로 1시간이 걸린다. 여름에는 그런대로 8시까지 오면 되지만 겨울에는 정말 죽을 맛이었다. 여섯 명의 단짝 친구 중 유독 나만이 겪는 고충이었다. 지금 아이들은 상상도 못하는 귀가 시간이 아닌가! 춤을 추러 가도 남들은 시작도 안 하는 시간에 혼자 열심히 추고 버스를 타고 집에 온 기억이 남아 있다.

인생의 황금기였던 대학시절에 여행도 맘대로 못 가게 하셔서 마음고생을 참 많이 했다. 그래도 간간이 학교에서 MT 간다고 거짓말을 해가며 친구들과 거제도, 청평, 설악산에 놀러 갔다.

특히 대학 1학년 때 서울고등학교 출신 남학생들과 클럽에서 단체로 설악산 대청봉을 등반할 기회가 있었는데, 그때 마장동 시외버스터미널까지 나오신 아버지 때문에 창피했던 기억이 난다. 누구누구와 가는지 보셔야 한다며 클럽 회장이던 어떤 오빠한테 인사를 하고 가셨다. 나 혼자만 부모님이 오셨기 때문에 너무 어린아이 취급하시는 것 같아 속상했다.

어쩌다가 클럽 남학생이 집으로 전화를 하면 화까지 내시면서 여러 가지 질문을 해 혼쭐을 내곤 하셨다. 이런 엄격한 아버지 밑에서 그래도 여러 가지 할 것 다 하면서 대학 시절을 보낸 내가 기특하게 느껴지기도 한다. 마음고생은 많이 했지만 말이다.

그 고충을 알기에 우리 두 딸에게는 퍽 개방적인 엄마 노릇을 하려고 노력한다. 아무리 엄격하게 다루려 해도 한계가 있고 오히려 거짓말을 하게 만들고 마음 졸이게 한다는 걸 너무나도 잘 알기 때문에 난 아주 쿨한 엄마가 되고 싶었다.

그러나 나의 두 딸은 나의 개방성을 즐기지 못한다. 나가면 금방 집에 들어오고 여행을 가라고 애원해도 싫다고 하면서….

남편으로서의 우리 아버지는 그리 점수가 높은 편이 아닌 것 같다. 효자인 아버지는 당신의 어머니만 너무 위한 탓에 시어머니께 너무 잘해 효부상을 두 번이나 받은 엄마를 야단을 많이 치셨다. 할머니가 아프거나 배탈이 나시면 엄마에게 추궁이 돌아오곤 했다. 마치 엄마가 잘 못해 드려서 편찮으신 것같이 말이다.

어려서부터 엄마가 불쌍하다는 생각이 들어 나는 무조건 엄마 편이 되어 아버지와 할머니에게 맞섰다. 북한 땅에 부모님을 두고 하나뿐인 오빠와 남한으로 내려와 친척도 없이 외롭게 시집살이를 하고 있는 엄마를 보호해야 한다는 막중한 사명감으로!

아버지가 돌아가신 지 13년이 지난 지금에는 '아! 내가 너무 일방적으로 엄마 편이 되어 아버지가 외롭고 섭섭하셨겠다. 지금은 아버지랑 엄마 흉도 봐 가며 중립의 자리에 있을 수 있는데…' 하는 아쉬움과 후회가 든다.

우리 엄마는 참 상냥하고 낙천적인 분이다. 만 여든한 살이신 지금도 매일 두 시간씩 분당에 있는 탄천을 걸으시고 노래교실, 라인댄스를 즐기고 노인정에서 맹활약을 하는 '젊은 노인' 이시다. 며칠 전에도 이곳 미국에 혼자 오셔서 한 달 계시다가 예정을 하루 앞당겨 가셨다. 친구분들과 1박2일 여행이 있다고 하시며.

어릴 적 나의 기억에 남아 있는 엄마는 늘 집안일에서 헤어나지 못하셨다. 우리 삼남매와 시어머니, 시동생들을 위하여. 긴 세월을 보아온 나는 왠지 엄마랑 반대가 되고 싶었다. 효자 남편을 만나고 싶지도 않았고 엄마처럼 살림꾼이 되고 싶지도 않았다. 여자도 밖에서 일을 해야 된다고 생각했고 경제적인 능력이 있어야 한다고 생각했다.

성격이 밝고 적극적이며 긍정적인 엄마는 돌아가신 할머니께서 저녁에 텔레비전 드라마를 보실 때도 늘 긴 설명을 해 가며 잘 이해시켜 드리려고 애쓰셨다. 기억이 가물가물한 시어머니께 저렇게 정성스럽게 상황 설명을 해 드릴 필요가 있을까? 피곤하지도 않을까? 하며 엄마의 착한 심성에 감탄하곤 했다.

할머니와 아버지께서 식사하실 때 생선뼈를 발라 드리고, 삶은 밤 껍질을 깎아서 예쁜 통에 넣어 드리곤 했던 우리 엄마는 그 어려운 시집살이를 할머니가 92세에 돌아가신 후 끝내시고, 폐암으로 오래 투병 중이셨던 아버지가 13년 전에 돌아가실 때까지 정성껏 아버지를 모셨다. 그리고 지금, 아름답고 편안한 노년을 즐기신다.

엄마의 일생을 옆에서 지켜본 나는 "그래! 엄마는 모든 것을 즐기실 자격이 있으시지" 하며 행복에 잠긴다. 평생 가족들을 위해 희생하신 엄마가 아닌가. 가끔 전화를 드리면 늘 활기차고 바빠하신다. 노시느라 무척 바쁘시단다. 감사할 따름이다.

엄마의 긍정적인 성격은 오래전에 식당에서 벌어진 일에서도 볼 수 있다. 언젠가 엄마를 모시고 식당에 갔는데 주문한 음식이 한참 기다리고 기다렸는데도 나오지 않았다. 우리 모두는 화가 잔뜩 나 있었는데 마침 음식이 나왔다. 그때 엄마가 하신 말씀, "애들아! 그래도 음식이 나오는 게 다행이지 않니?"

우리는 모두 어이가 없어 웃고 말았다. 아니, 음식점에서 음식

서울에서 오신 엄마와 나, 그리고 큰딸 수경이와 함께

이 나오는 게 당연하지, 다행이고 행운이기까지는 너무 너그러운 발상이 아닌가?

엄마의 그 활달하고 낙천적인 성격이 오늘의 건강하고 밝은 엄마를 있게 한 것이라고 생각한다. 엄마 또래 친구분들은 다 약을 많이 복용하시고 다리에 힘이 없어 잘 못 걸으시는 걸 볼 때, 타고난 건강도 있으시지만 밝고 긍정적인 성격과 늘 걸으시는 것이 건강의 비결이라는 생각이 든다.

결혼과 직장 생활

엄마 아빠를 무척 좋아하는 사랑스런 두 딸은 늘 "엄마는 아빠를 잘 만났고 아빠는 엄마를 잘 만난 거야" 하며 우리 부부를 높여 주곤 한다. 그러나 최근 들어 급격히 "엄마가 아빠를 잘 만난 거야" 하며 아빠의 손을 들어 주고 있다.

남편의 직장일로 떨어져 산 지 벌써 10년이 넘는 지금까지, 한결같이 하루에 꼭 한두 번씩 전화하고 이메일을 보내는 아빠의 자상함과 성실함에 딸들의 마음이 아빠가 엄마보다 객관적으로 더 사랑스럽다는 쪽으로 기운 것 같다.

어떻게 남편을 만나 결혼하게 됐냐는 질문을 받을 때마다 거짓말을 하기 싫어하는 나는 부끄러운 사실을 고백하게 된다.

사실은 죽을 때까지 비밀로 하고 싶었기 때문이다.

우리는 대학 졸업하던 해 봄, 극성스런 여섯 명 중 제일 먼저 시집을 간 친구의 주선으로 조선호텔 'Doll's House'라는 커피숍에서 만났다. 남자 쪽 사람들은 그 친구 신랑의 거래처 사람들이었다.

네 쌍으로 이루어진 우리는 각자 이수일과 심순애, 라라와 닥터 지바고, 로미오와 줄리엣, 춘향이와 이도령이라는 이름으로 짝을 만들었다. 조그만 종이에다 각각의 이름을 써서 여자 쪽 테이블에는 여자 주인공의 이름이 적힌 종이를 접어놓고 하나씩 집어가게 했고, 같은 방법으로 남자들도 하나씩 접힌 종이를 가져갔다.

사회자의 호명에 따라 우리는 일어나서 서로 짝을 찾아 네 쌍이 나란히 앉았다. 처음에는 좀 어색했지만 여자들은 서로 아주 친한 사이이고 남자들도 사회생활을 하는 사람들이고 같은 업계에서 무역을 하는 사람들이라 분위기가 금방 좋아졌다.

우리는 서울 명동에 있는 'My House'라는 디스코텍에서 만나기로 하고 따로따로 저녁을 먹으러 갔다. 그렇게 서로 친해진 다음 다시 만나서 춤을 추기로 한 깜찍하고 사려 깊은 발상은 지금 생각해도 귀엽다.

그때 나는 다른 사람의 짝이었고 우리는 재밌게 시간을 보내고 춤을 추다가 으레 그러하듯 난 먼저 빠져 나와야만 했다. 엄격하신 아버지 때문에. 그 짝과는 한 달 정도 만난 것 같다. 그러나 서로 확 끌리지 않았기 때문에 만남이 오래가지 못했다.

이제부터 나의 부끄러운 고백이 시작된다. 조선호텔에서의 미팅 바로 다음 날 주선했던 친구에게서 전화가 왔다. 각 친구들에게 어땠냐고 물어보는 중이라며, 그때 난 지금의 나의 소중한 반쪽이 나에게 후한 점수를 주었다는 사실을 듣게 되었다. 그와 짝이었던 내 친구는 서로 맞는 타입이 아니었단다. 그날 내 대각선으로 앉아 있던 서글서글한 눈매의 키 큰 남자가 바로 지금의 남편이 된 것이다.

그 친구의 전화를 받고서 두 달이 지났다. 그 남자도 나도 서로 일에 바빴고 결혼 적령기라는 주변의 압력으로(그때는 일찍 결혼하는 분위기였다.) 몇 명의 사람들을 보고 있었다. 아마 그 남자는(남편) 나를 잊고 있었을 것이다. 집에서는 빨리 결혼을 서두르고 싶어 하셨고 난 남자를 결정해야 했다. 큰오빠 친구들, 아버지 친구의 소개로 미국에서 온 분, 아는 분들의 소개로 만난 사람들… 그 몇 명 중 누구도 '이 사람이야!' 하는 확신이 없었다. 5년마다 다시 결혼할 것도 아닌데, 평생 오순도순 살아야 할 텐데 과연 누가 나의 영원한 반려자가 될까?

심각한 고민에 빠져 있던 중 끊임없이 일어나는 미련이 있었다. 지금은 한국에 없을지도 모르는 그 남자! 나에게 후한 점수를 주었다는 그 남자와 한 번이라도 만나보고 싶었다. 서로 개인적인 만남을 못 가져봤으므로 미련이 남았던 것이다. 만나서 확인하고 싶었다. 내 일생의 가장 중요한 결정을 하는 상황에서 모든 가능성을 다 점검해 보고 싶었던 것이다.

미팅을 주선했던 친구에게 부탁하기는 좀 창피했다. 보수적인 집안에서 자란 나는 '여자가 먼저 전화를 걸어서는 안 돼!' 라는 말을 중학교 때부터 귀가 따갑게 들어왔기 때문이다. 그러나 내 생애에서 단 한 번, 그 엄명을 어기고 싶은 순간이 온 것이다. 중차대한 일생이 걸린 문제이므로 난 후회 없는 선택을 하고 싶었다.

몇 주일을 고민하다가 내 일생일대의 중요한 선택에 있어서 절대 후회가 남으면 안 된다는 생각이 강하게 들었기 때문에 전화를 해 보기로 마음먹었다. 내 자신에게도 부끄러운 생각이 들었지만 4월의 어느 날 회사에서 점심시간에 아무도 없는 틈을 타 그 사람의 회사에 전화를 걸었다. 큰 무역회사에 다니고 있었으므로 쉽게 전화번호를 알 수 있었지만 그 사람의 이름도 부서도 모르는 상태였다.

'무식하면 용감하다'는 말은 그때나 지금이나 나에게 적용되는 표현인 것 같다. 단지 그 미팅을 주선해 주었던 친구 신랑의 회사 이름은 알았으므로 무턱대고 교환원에게 "그 회사와 거래하고 있는 부서를 연결해 주세요!"라고 말했고, 그 부서의 여직원과 전화 연결이 되었다.

그때 참 난감했었다. 어떻게 설명을 해야 할까? 떨리는 목소리로 "그 회사와 거래하고 있는 분 계세요?" 하고 물어보았다. 그런데 그 여직원이 "어머! 마침 지나가고 계세요, 잠깐만 기다리세요!" 하며 바꿔 주는 것이 아닌가! 어머나, 어찌 이런 일이!

"여보세요, 전화 바꿨습니다" 하는 그의 목소리를 들었을 때 그만 끊어 버리고 싶었다. 너무 부끄러워서. 그러나 예서 말 수는 없지 않은가.

"저 혹시 기억하실지 모르겠어요…" 하고 말문을 여는 순간, 그는 "아! 조선호텔에서 만났었지요? 오늘 저녁에 만날까요?" 하고 말하는 게 아닌가? 그때의 떨리고, 고맙고, 흥분되었던 마음은 지금 이 글을 쓰는 순간에도 생생하게 내 가슴에 남아 있다.

'누구세요?' 하며 '왜요?' 했다면 아마 난 죽어 버리고 싶도록 창피해서 상처를 받았을 것이다. 그날 밤 그 회사 지하의 피자집에서 우린 밤늦게까지 수다를 떨었다. 지칠 줄 모르고 웃고 떠들며.

그날 밤 나는 다리가 부러질 각오를 하고 있었다. 내 일생에서 가장 중요한 결정을 하는 순간에는 아버지의 엄격함도 1순위가 될 수 없었다. 버스를 타고 자정이 가까운 순간에 집에 데려다 주는 그에게 작은오빠는 동네 어귀까지 나와 기다리며 못마땅한 눈길을 주었고, 집 앞에서 발을 동동 구르며 기다리던 엄마는 사색이 되어 계셨다. 다행히 아버지는 화를 내시다가 잠이 들어 버리셨다. 휴우! 얼마나 감사했던지.

그 후 우리는 일주일에 두 번 정도 그 바쁜 가운데서도 꼭 만났다. 나는 출퇴근 시간이 규칙적이었지만 그는 당시 종합상사 직원들이 그랬듯이 새벽부터 오밤중까지 혹은 새벽까지 회사에서, 술집에서 살았다. 나의 연애 생활은 기다림의 연속이었고 후에 결혼 생활도 기다림의 연속이었다. 이렇게 글을 쓰는 이 순간에도 미국에 있는 나는 한국에 있는 남편을 기다리며 살고 있다.

이 불행하고 힘들어 보이는 기다림의 생활을 감사해하며 기쁨으로 극복할 수 있게 만든 비결은 과연 무엇일까? 남편 자랑하면 바보라지만 그의 변함없는 따뜻한 애정과 성실함이 우리의 행복한 결혼 생활의 비결이었다고 감히 말하고 싶다.

나의 직업관은 어릴 때부터 뚜렷했다. 텔레비전 드라마에 나오는 흔한 스토리들. 바람피우는 남편과 비굴하게(?) 살아가는 여자들을 볼 때마다 난 결심했다. "여자도 경제적으로 혼자 설 수 있어야 해!" 하면서.

난 엄마와 반대의 삶을 살고 싶었다. 효자가 아닌 사람과 결혼하고 싶었고, 야단을 치는 선생님과 제자 같은 관계가 아닌, 서로 동등하게 대해 주고 존경하고 사랑하며 아낌없이 애정을 쏟아 주는 남편을 만나고 싶었다.

그리고 살림을 잘하고 싶지 않았다. 부엌에도 오래 있고 싶지 않았다. 예쁘게 꾸미고 사무실에 앉아 일하고 싶었다. 어릴 때 학교에서 적어 내라고 하는 가정통신문에 '부모의 자녀에 대한 희망 직업란'에 우리 부모님은 '교사'라고 적어 내곤 하셨다. 오만했던 나는 '나의 장래희망 직업란'에 '교수'라고 적어 냈다. 이 얼마나 철없고 건방진 반응이었는지.

40년이 지난 지금 나는 이 '교사'라는 분에 넘치는 직분을 감사해하며 기쁘게 누리고 있다. 학교에서나 교회에서나. 어린 영혼들과의 만남은 나를 정화시키고 젊게 만든다. 그들을 보호하고 싶고 잘 키우고 싶은 어머니 같은 마음을 갖게 한다. 그 예쁜 눈동자들이 나를 볼 때마다 '괜찮은 선생님' 으로 생각할 수 있도록 몸가짐, 마음가짐에 실수가 없는 삶을 살려고 노력한다.

대학에서 교육심리학을 전공한 나는 교생실습을 마치고 B급 정교사 자격증을 갖게 되었다. 순위고사에 합격하면 바로 공립학교 교사가 될 수 있었는데 두 가지 이유로 포기하고 대학원 시험 준비를 하게 되었다.

첫째는, '윤리' 라는 과목으로 아이들을 가르치고 싶지 않았다. 당시 윤리교사는 '승공통일의 길' 이라는 북한 공산당에 반대하는 이론과 현실을 가르치게 되어 있었는데 과목 자체가 평생을 직업으로 하기에는 흥미가 없었다. 물론 북에서 내려오신 부모님을 둔 나는 지금도 치를 떨며 북한 공산당을 싫어하고 불쌍히 여기는 사람이다.

둘째는, 순위고사를 준비하고 싶지 않았다. 교사가 되는 데에 관심도 열정도 없었던 것이다. 30년 후 이렇게 교사가 되기 위해 열심히 공부하고, 수많은 인터뷰를 하며 '가르침' 의 길을 걷고 있는 지금의 나를 볼 때 모든 것은 '때' 가 있구나 하는 생각을 하게 된다.

대학 다닐 때 너무 신나게 놀면서 학점 관리를 하지 않았던 결과로, 대학원 시험은 우수한 성적으로 합격했는데 학부 학점이 3.0이 넘지 않아 낙방의 고배를 마시게 되었다. 대학교 때 과대표로, 학생회 임원으로 활약한 점을 참작하고자 교수님들께서 회의를 하셨다고 들었다. 그러나 결론은 3.0이 넘어야 한다는 학칙을 고수하는 쪽으로 결론이 나서 유치원 때 사립학교 추첨에 떨어진 후 또 떨어지는 경험을 하게 되었다.

하지만 지금 생각해도 후회는 없다. 나의 젊음은 온통 대학 때의 추억으로 가득 차 있고 그 소중한 추억 덕분에 아직도 나는 행복하니까.

당시 호주에 친척 할아버지가 계셔서 무턱대고 그곳으로 유학을 가고 싶었지만 엄격한 아버지께서는 '결혼 후에 가라' 며 말리셨다. 신랑감도 없는데 언제 결혼해서 간단 말인가. 결국 직장을 가져야겠다고 생각을 바꿨고 난 이미 시기를 놓치고 있었다. 야무진 아이들은 미리 취업을 준비했고 거의 직장을 가진 때였다.

난 학생 직업보도실을 찾아갔고 급기야는 자존감에 큰 상처를 입고 말았다. 당시 그 직업보도실 처장이었던 여교수님은 나의 미모를 퍽 못마땅해하는 듯했다. 여드름투성이에 까만 피부. 그게 어떻단 말인가. 게다가 학점도 그저 그렇고. 단 한 번의 면담에 정이 떨어지고 자존심이 상한 나는 혼자 직장을 찾겠다고 결심했다. '억울하면 출세하라' 고 내가 해결하면 될 것 아닌가.

그 후 신문광고를 보고 찾아간 그럴듯한 이름을 가진 회사는 결국 책을 파는 회사였고 며칠 만에 그만두었다. 그런 후에 아버지의 도움으로 오퍼상에 취직을 하게 되었고, 그것이 발판이 되어 'Du Pont' 이라는 미국의 큰 화학회사 한국지사에 5년간 근무하게 되었다. '친구 따라 강남 간다' 고 당시 같은 과 출신의 얌전한 친구의 추천으로 그 회사에 들어가게 되었는데, 황금 같던 대학시절의 후속편인 양 재밌고 신나게 5년의 직장 생활을 했다.

왜 그리 노는 것만 기억에 남는지. 회사의 격려와 지원으로 테니스, MT, 회식, 크리스마스 파티 등 열심히 놀았다. 특히 크리스마스 파티 때 당시 유행하던 '담다디' 노래를 이용해서 우리 부서 사람들에게 춤을 가르쳐 연말 파티 때 상을 탔던 기억은 아름다운 추억으로 남아 있다.

1989년 봄 남편의 싱가포르 지사 발령으로 두 살짜리 딸을 데리고 떠날 때는, 주중에 아기를 친정엄마께 맡기고 주말에만 보던 아기에 대한 죄책감과 엄마에 대한 미안함에서 해방된 기쁨과 막 회사에서 승진하려는 좋은 시기에 있었던 터라 너무 아쉬

직장 생활에서의 황금기 Du pont Korea에서

운 마음이 교차했다. '여자는 이래서 안 된다니까' 하는 자조적인 푸념과 함께, 이제는 '가정에 충실해 보자' 는 긍정적인 생각을 가지고 지겨울 정도로 송별 파티를 했다.

먹고 떠드는 걸 좋아하는 내가 피곤할 정도로 많은 파티를 하고 나는 딸의 손을 잡고 비행기에 올랐다. 그때 일을 계속하길 원하는 내게 멋지게 나이 들어가고 계시던 선배님이 이렇게 말씀하셨다.

"J. Kim, 언제라도 굴러오는 공을 잡을 준비를 하며 살아! 그러면 나중에라도 직업을 갖게 될 거야!"

그 주옥같은 말씀은 지금도 내 가슴에 생생히 살아 있다. 그래 'Ready' 가 되어 있어야지. 무조건 내가 이랬는데… 할 게 아니라 나이 먹은 것을 보상할 수 있는 뭔가가 있어야겠지. 영어 공부도 열심히 하고 컴퓨터도 잘 다룰 줄 아는 여자가 되어야지. 나 '김정희' 의 가치를 높여야지 하면서 1989년 6월 나와 딸아이는 남편이 있는 '깨끗하고 친절하고 안전한' 나라 싱가포르로 거처를 옮겼다.

싱가포르에서 지낸 만 5년은 아내로서, 가정주부로서, 엄마로서의 역할을 충분히 누릴 수 있는 세월이었다. 김밥도 잘 못 만들던 내가 치즈케이크, 모찌, 청포묵 등을 만들 줄 아는 가정주

부가 된 것이다.

아이들이 어려서 만든 음식은 먹성 좋은 내가 다 먹어치우는 게 흠이었지만 김치도 만들어 보고, 꽁치도 동네 아줌마들과 단체로 주문해서 머리를 잘라내고 몸통만 냉동실에 보관하는 등 (그날 밤 꽁치 꿈을 꾸었다. 너무 잔인한 내가 싫었다.) 본격적인 아주머니로서의 삶을 살았다. 그때 같은 동네에 살았던 주재원 부인들과는 아주 친해져서 지금까지 만나고 있다.

한 달에 한 번 대학 동창회에 나가는 기쁨도 대단했다. 아이들이 유치원이나 학교에 간 틈을 이용해 좋은 곳에서 점심을 먹거나 어느 집에 초대를 받거나 하여 기분전환을 하기도 했다.

무엇보다도 잊을 수 없는 추억은 주말 한글학교 선생님을 만 3년간 한 것이다. 중학교 국사를 교민이나 주재원 자녀들에게 가르쳤는데, 역시 공부를 가르쳤던 기억보다 합창 연습 때 우리 집에 와서 연습하던 일, 선생님들끼리 모여 친목을 나누던 일들이 잔잔하게 기억에 남아 웃음을 짓게 하곤 한다.

주말마다 남편을 골프장에 빼앗겨 속상하긴 했지만 그래도 싱가포르에서의 5년은 우리 가족이 여행도 가고 밥 먹으러도 나가고 여름 크리스마스를(사계절이 여름인 그곳은 크리스마스를 온통 아름다운 불꽃 전등으로 장식하여 12월 내내 저녁에 차로 시내로 나가서 중심거리를 드라이브하고 오곤 했다.) 즐기기도 하며 보낸 함께 한 시간이 가장 많았던 시기였다.

5년 후인 1994년 2월에 한국에 돌아와서 친구들도 안 만나고 먼저 한 일은 직장을 구하러 돌아다닌 것이다. 지난 5년간 퇴보한 것 같아 초조했던 것이다. 지금도 그때 왜 그렇게 필사적으로 직장을 구하고 싶었을까 하고 다시 생각해 보게 된다. 어릴 적부터 여자도 경제적 능력이 있어야 자신감 있는 삶을 살게 된다고 내 자신에게 세뇌교육을 해 왔던 결과라는 생각이 들었다.

두 달 후 아는 분의 소개로 한 달 간 비어 있는 외국회사 사장비서로 들어간 후, 다행히 연결이 잘 되어 1999년 초 미국에 오기 직전까지 5년여 동안 사장비서로 '차장' 이라는 분에 넘치는 직함을 가지고 일하게 되었다.

한국에서 통틀어 10년 정도의 직장 경험을 갖고 있는 나는 일을 할 때는 '프로' 정신으로 맡은 바 일을 해야 한다는 신념을 갖고 있다. 아기가 아파도, 남편과 다퉜어도, 일터에서는 다 잊고 일에 전념해야 한다고 생각한다. 종종 남녀 불평등의 문제가 야기되는데 윗사람의 입장에서는 일의 효용성과 집중성을 고려하지 않을 수 없는 것이다.

여자가 직장에서 성공하기 위해서는 또 한 여자의 철저한 희생이 따른다는 것은 피할 수 없는 사실이다. 나의 서울에서의 직장 생활도 친정엄마의 희생 없이는 불가능한 일이었다. 엄마의 아파트를 쫓아다니며 바로 옆에다 집을 구하고는 엄마께 모두 맡기고 직장을 다녔으니 우리 불쌍한 엄마가 얼마나 힘이 드셨을까? 우리 두 딸은 할머니를 진심으로 아끼고 사랑한다. 키운 정을 알기 때문이리라.

할머니의 지극한 사랑을 먹고 자란 두 딸은 자기들도 아기 낳으면 엄마인 내게 맡길 거란다. 난 냉정히 "안돼!" 하고 말했다. "너네 엄만 겉으로 보면 멀쩡해 보여도 몸이 약해. 그리고 일도 하잖아. 할머니랑 달라, 미안!" 하고 말은 했지만 아마도 마음이 변할 것 같다.

한 여자의 성공 뒤엔 또 한 여자의 희생이 따라야 한다는 사실을 누구보다 잘 알고 있는 내가 아닌가!

바쁘지만 자상한 남편

나의 소중한 반쪽은 장점이 참 많은 사람이다. 그러나 결정적으로 내가 싫어하는 단점도 있다. 좋은 점을 먼저 이야기하자면 아주 사려깊고 다정한 사람이다. 나를 변함없이 아끼고 예뻐하고 나의 의견을 존중해 준다. 모든 화제를 아내인 나와 나누고 의논한다.

그리고 경제적 관념이 철저해서 무계획적으로 사는 나의 삶을 보완해 준다. 일에 대한 열정과 윤리의식이 뚜렷하다. 책임감이 있다. 부지런하고 성실한 사람이다. 29년을 같이 살며 느끼는 좋은 점이 아주 많은 사람이다.

결혼 초 회사에서 전화를 받다가 여직원한테 "집에서 전화가 오면 목소리 톤이 달라지시네요" 하고 놀림을 받기도 했단다. 게다가 애교 많은 두 딸 덕분에 더욱 부드럽고 다정한 사람이 된 것 같다. 두 딸에 대한 애정과 자상함은 남편이 해외에 나가 있는 오랜 세월 동안에도 변함없이 이어져 한 집에 같이 사는 가족보다 더 많이 얘기하고 서로의 스케줄을 상세히 알고 지낸다.

특히 요즈음은 전화, 이메일뿐만 아니라 카톡으로 수시로 서로를 격려하고 사랑의 메시지를 보낸다. 우리처럼 떨어져 사는 사람들에게는 이 놀라운 테크놀로지의 발달이 감사할 따름이다.

작은딸이 대학에 갈 때 에세이를 썼는데 아마 주제가 '가장 인상 깊었던 사건' 에 대한 것이었나 보다. 딸아이는 아빠의 사랑에 대한 일화를 소개했다.

집 근처 중학교에 다닐 때 학교에 가자마자 전화가 왔다. "엄마, 중요한 숙제를 놔두고 왔어요. 갖다 주세요" 하는 것이 아닌가! 나는 냉정하게 "네가 안 가져갔으니까 네가 책임져야지!" 하고 말했다.

순간 옆에서 출근을 준비하던 남편은 전화기를 빼앗아 "정화야, 아빠가 갖다 줄게. 어디 있어? 제목이 뭐야?" 하며 따뜻하게 받는 것이 아닌가. 이층 딸아이 방으로 가더니 잘 못 찾겠는지 책꽂이를 다 들고 차를 타고 가는 것이었다. 책꽂이를 통째로 들고 교실에 들어온 아빠를 보자 딸아이는 고마움에 울음을 터뜨렸다고 한다. 엄마의 점수는 0점, 아빠는 200점을 받은 것이다.

두 딸을 학교에 데려다 줄 때도 아빠의 각별한 애정은 아이들을 행복하게 했다. 아이들이 내린 후 웃음을 머금고 손을 오래 흔드는 아빠와, 내려주자마자 뒤도 안 돌아보고 떠나는 엄마와는 좋은 대조를 이룬단다. 나는 "엄마는 운전이 늘 무섭고 긴장돼서 너희를 볼 마음의 여유가 없어" 하고 변명하지만, 아이들은 일방적으로 쏟아붓는 아빠의 사랑에 늘 감탄하고 만다.

남편으로서의 나의 반쪽은 변함없는 격려와 칭찬으로 훌륭한 외조자의 역할을 해 왔다. 한국에서 직장 생활을 할 때도, 미국에서 아주 부족한 영어 실력으로 교사자격증 공부를 할 때도 늘 따뜻한 말로 위로하고 북돋아 주었다.

심지어는 중학교 때부터 불과 몇 년 전까지 거의 40년간이나 여드름이 나서 속상했던 나에게 "젊다는 뜻이야!" 하고 웃으며 위로해 주곤 했다. 안 그래도 속상한 나에게 "얼굴이 그게 뭐야?" 하면서 핀잔을 주면 아마 난 쥐구멍을 찾고 싶었을 것이다. '까만 피부와 여드름' 그것은 늘 나를 괴롭히는 주제였는데 남편은 그것마저도 귀엽게 봐 주었다. 그래, 두 딸 말대로 내가 남편을 잘 만난 거지.

이제 남편의 단점을 본격적으로 이야기해야겠다. 일 때문에 평생 나를 기다리게 하고 바빠했던 것은 이해할 수 있다. 신혼 때 남편 회사 사보에 글을 쓴 적이 있다. 남편의 바쁜 일과를 동행하게 한 후 아내들의 이해와 협조를 구하려 했던 회사 측의 따뜻한 배려였던 것 같다.

지금은 잘 기억나지 않지만 어떤 거래처를 함께 방문하고 회사로 돌아와 구내식당에서 비빔밥을 먹었던 기억이 난다. 그 후 집에 와서 '월 화 수 목 금 금 금!' 이라는 제목으로 바쁜 남편의 직장 생활에 대해 기고했다.

그때는 대한민국 수출의 주역으로서 종합상사 직원들이 새벽부터 밤까지, 아니 정확하게 새벽까지 토, 일요일도 반납하며 일을 할 때였다. 일 년에 한 번 받는 휴가도 금요일을 포함한 3일(금, 토, 일)이 전부였으니까. 남편을 포함한 그 당시 열심히 일하셨던 분들께 감사한다. 오늘의 경제대국 한국이 있기까지의 숨은 주역들이었으므로!

바쁜 남편을 둔 덕에 두 딸과 나는 우리끼리 노는 것에 익숙해져야 했다. 우리 셋이 놀러 가고, 먹으러 가고, 영화 보러 가고.

싱가포르에서 막 돌아온 후 1994년, 큰딸이 초등학교 1학년 때 학교에서 돌아오길 기다려 지금도 친한 직장 후배인 미선이

네 차에 우리 세 식구가 얹혀서 용인 에버랜드에 갔던 일은 영원히 잊을 수 없다.

우리 딸을 학교에서 올 때까지 기다려 주고 우리 가족을 챙겨 준 미선이 신랑에게 감사하고 미안했던 마음은 급기야 신랑에게 화를 내는 것으로까지 이어졌다 "도대체 왜 그렇게 바빠요? 난 직장일도 하고 애들도 보는데. 뭐가 더 중요해요?" 하면서 말이다.

하지만 솔직히 내가 봐도 난 잘 참았다. 바쁜 것 불평해서 뭐하랴, 놀면서 집에 안 오는 것도 아닌데 하며. 참자! 두 딸에게 아빠 몫까지 하며 놀자! 하고 마음을 다잡았다. 남의 집에 끼어 수영장도 스키장도 데리고 다녔다. 하지만 늘 시간 여유가 있는 남편을 가진 집이 부러웠다.

이런 나의 너그러움(?)에도 불구하고 내가 남편에게 제일 참을 수 없었던 불만은 '술' 이다. 데이트할 때도 술을 즐기는 줄은 알았다. 나의 술에 대한 기억은 나쁘지 않았다. 우리 아버지는 애주가셨는데 술을 집에서 드실 때나 밖에서 드실 때나 절제를 잘 하셨던 것 같다. 절대 자신을 흐트러뜨리지 않으셨고 오히려 기분 좋아하셨으며 태극당 과자를 사들고 들어오곤 하셨다. 지금 생각해 보면 아버지는 주량이 꽤 있으셨던 것 같다.

나도 사회 생활과 주량이 센 아버지 유전인자 덕분에 술을 웬만큼 마시는 편이어서 술 마시는 것을 이해하는 사람인데, 문제는 자기 통제력이었다. 나의 근본적인 불만은 어떻게 하면 자기 절제를 못해서 필름이 끊겨 올 수가 있냐는 것이다.

마음이 너그럽고 대인 관계가 좋은 남편은 거래처와의 저녁 약속 때나 회사 회식 때나 꼭 과음한 상태로 들어오곤 했다. 원래 술이 강한 사람이 아닌 것 같다. 누군가에게 '술이 술을 먹는다' 고 어느 한계가 넘으면 사람이 아닌 술이 무의식적으로 그냥 술을 마시게 된다고 들었다.

한 번도 취해 본 적이 없는 나는(많이 마셨다고 생각되면 그만 먹고 물을 마셨던 나니까!) 어떻게 자제력을 잃고 시간 가는 줄 모르고 그런 무의미한 시간들을 보내고 오는지 용납이 안 되었다. 자존심이 상했다. 그래도, 그렇게 취했어도 늘 나를 너무 예뻐했던 것은 한결같았다. 그러나 너무 취한 사람이 예뻐하면 그것도 밉고 귀찮았다!

아무튼 젊은 날의 신랑은(아마 지금도 아주 가끔은) 낮엔 일에 취하고 밤엔 술에 취해서 지내온 듯싶다. 그러고도 새벽 5시면 일어나 회사에 갔으니 그 체력과 정신력에 찬사를 보낼 수밖에.

몇 년 전 남편이 러시아 지사에 있을 때 둘이서 짧은 유럽 여행을 다녀왔다. 남편이 항상 바쁘게 지내니 오붓하게 둘이 여행 다니는 것이 나의 소원이었다. 그때가 아마 결혼 25주년을 기념하는 여행이었으리라.

이태리에 도착하자마자 우리는 짐을 풀고 저녁을 먹으러 나갔다. 근사한 곳에 들어가 와인을 시켰다. 음식을 주문하고 기다리던 그때 남편은 지긋이 웃으며 질문을 던졌다. "혹시 다시 태어날 수 있다면 나랑 또 결혼할 수 있어?" 하면서. 거짓말 하기 싫어하는 눈치 없는 이 아줌마는 "아니! 나 술 때문에 참 힘들었어!" 하고 엄숙하게 말했다.

얼굴이 굳어진 남편은 같은 질문을 두 번이나 더 했고 난 술 이야기를 계속하고 말았다. 그 시간 이후의 서먹하고 어색함이란 말로 형용할 수 없었다. 뒤늦게 사태의 심각함을 감지한 나는 미안하다고 사과를 했지만 이미 깊이 상처받은 남편은 일그러진 표정으로 저녁도 먹는 둥 마는 둥하며 호텔로 돌아와서 등을 보이며 차갑게 잠이 드는 것이 아닌가.

아! 여행 첫날부터 이게 웬일이람! 빨리 집에 돌아오고 싶은 마음뿐이었다. 이기적이고 오만한 B형인 나는 나대로 내 본심인데 뭐, 하며 반성을 하고 싶지 않았다. 그 다음날도 좀처럼 삐진 상태가 수그러들지 않고 어색한 태도로 날 대했고 난 진심으로 사과했다. 여행을 망치고 싶지 않았던 이유도 있었지만 솔직히 나에게는 너무 좋은 남편이었으니까!

남편의 입장에서 보면 난 객관적으로 얼마나 부족한 아내였겠는가? 집안 살림도 잘 못하고 다소곳이 남편 옆에서 아내의 자리를 지키며 내조하는 그런 여자가 아니지 않는가?

그런 나를 30여 년을 한결같이 사랑해 주고 응원해 주는 나의 소중한 반쪽님! 부족한 저를 용서해 주세요. 이제 비로소 진실을 용기 있게 말하고 싶다.

"당신은 정말 대단한 사람이에요! 그 준수한 용모에, 그 능력에, 외롭고 힘든 해외 생활 속에서도 한 번도 한눈 안 판 당신! 나에게는 과분한 남편임을 고백합니다. 끊임없는 나의 세뇌교육으로 당신이 날 만난 게 행운이라고 믿고 있었지요? 이제 사실을 알려 줄게요. 아이들 말이 맞아요. 제가 정말 결혼 잘한 거랍니다!"

사랑스럽고 총명한 두 딸들

난 어릴 적부터 결혼하면 딸 둘은 낳아야지 하고 생각했었다. 두 딸에게 각각 다른 악기를 배우게 하고, 셋이 예쁘게 차려입고 놀러 다녀야지 하는 생각을 막연하게 하곤 했다.

결혼 일 년 후 큰아이를 가졌을 때 시어머님께서 "너네 아기는 볼 것도 없이 아들이다!" 하며 시댁에는 아들이 흔하고 딸이 귀하다고 하셨다. 딸 둘에 아들 다섯을 두신 시어머님과 시아버님은 아들 욕심이 많으셨다.

큰아이를 낳았을 때 '수경'이라는 이름을 지어 주셨다. '빼어날 수(秀), 서울 경(京), 서울에서 빼어난 아이'라는 뜻이리라. 3년 후에 싱가포르에서 작은아이를 낳았을 때 두 분은 다소 놀라기까지 하셨다. "아들이 흔한 가문에 또 딸이라니…" 하시면서. 그 후 둘째가 초등학교에 들어갈 때까지도 셋째를 낳으라고 기회 있을 때마다 말씀하셨다. 시댁 쪽으로 쌍둥이가 있음을 안 나는 "어머니, 딸 쌍둥이 낳으면 어쩌지요?" 하고 웃으며 대답하곤 했다.

두 딸은 어쩌면 서로 그렇게 다른지. 큰아이는 죽을 좋아하고 시큼하지 않은 생김치를 좋아한다. 작은아이는 누룽지를 좋아하고 신김치를 좋아한다. 가끔씩 나는 두 아이의 기호를 혼동하여 핀잔을 듣기도 한다. 도대체 일곱 명이나 낳으신 어머님은 어떻게 다 키우셨을까?

큰아이 수경이는 내가 일을 했으므로 태어난 후 만 일 년을 친척 할머니가 우리집에 오셔서 키워 주셨다. 그 후 일 년은 친정 엄마께서 돌봐 주셨다. 월요일 아침 출근길에 택시를 타고 가서 맡겨 놓고 금요일 저녁 퇴근길에 데려와 주말을 같이 보냈다. 아기도 옮겨 다니느라 수고가 많았고 엄마는 다리를 못 쓰시는 시어머니 모시랴 손녀를 일주일에 5일이나 봐 주랴 얼마나 힘드셨을까. 새삼 죄송한 마음이 솟구친다.

슈퍼우먼이었던 부지런한 엄마는 여든이 넘은 지금까지도 슈퍼우먼으로 바쁘게 살고 계신다.

수경이가 만 두 살 때 우린 비행기를 타고 남편이 먼저 가 있는 싱가포르로 거처를 옮겼다. 그 일곱 시간의 비행 중 수경이는 세 시간 정도는 레고 장난감을 갖고 잘 놀았다. 그 후엔 비행기 의자에서 일어나 "엄마, 이젠 놀이터 갈래!" 하고 말해 웃으며 알아듣든지 모르든지 "여긴 비행기 안이야. 하늘을 날아다니는 중이거든. 이따 땅에 내리면 가자!" 하고 안아 주었던 기억이 난다.

수경이는 어릴 때부터 의젓하고 독립적이었다. 우유를 좋아해서였는지, 아빠의 큰 키 덕분인지 또래보다 크고 성숙했다. 우리가 살고 있던 만다린 가든이라는 아파트 단지 안에 유치원이 있었는데 만 세 살 이상만 입학이 허용되었다. 너무나도 학교를 가고 싶어해서 그 유치원에 보냈는데 두 살하고 3개월이 지난 아이가 너무 잘 적응하는 것이 아닌가.

수경이는 유치원을 3년이나 다녔고 싱가포르에서 초등학교 1학년을 다니다 한국에 들어왔다. 선생님께 작별인사를 하려고 학교에 찾아갔을 때 싱가포르의 공립학교에 다니던 수경이는 반에서 딱 두 명 한국 학생이 있었는데 잘 적응하는 것은 물론이고 반장을 하고 있었다. 매사에 신중하고 성실한 성격이 학교 생활에도 도움이 되었다는 생각에 뿌듯함을 느꼈다.

또 잊을 수 없는 기억은 아마 만 세 살 때였을 것이다. 하루는 카세트테이프로 '아기돼지 삼형제'를 듣고 있던 수경이가 이야기 끝에 나레이터가 "여러분, 잘 들으셨죠?" 하는 질문에 크게 "네!" 하며 진지하게 대답하는 것이 아닌가. 청소를 하며 그 곁을 지나가고 있던 나는 너무 귀엽고 기특하여 꼭 안아 주며 그날 밤 남편에게 자랑했던 기억이 난다.

친척도 친한 친구도 없는 싱가포르에서 나는 수경이와 많은 대화를 했다. 알아듣든지 못하든지 딸아이를 상대로 많은 얘기를 했고 그때마다 진지하게 내 이야기를 들어주던 딸아이가 벌써 만 스물일곱 살이 되었다.

학교 생활을 성공적으로 잘 마친 딸을 보며 아기를 키우는 엄마들에게 감히 조언하고 싶은 말은, 아이를 키울 때 인격적으로 대하고 어른이 쓰는 용어를 쓰며 상황 설명을 자세히 해 주어 스스로 생각하고 판단할 수 있는 환경을 만들어 주라는 것이다.

수경이가 한국에서 초등학교 입학식에 참가할 수 있도록 나는 둘째를 데리고 친정엄마가 살고 계신 아파트 근처로 집을 얻어 인수인계를 하느라 남아 있는 남편을 뒤로하고 먼저 들어왔다. 엄마의 집 근처에 집을 얻은 이유는 직장을 다시 잡아 일하고픈 나의 욕심과 엄마의 도움을 받으려는 속셈에서였다. 몇 번의 시도 끝에 다행히 직장을 가질 수 있었고 우리는 아파트 추첨에 당첨된 엄마를 따라다녀야 하는 관계로 다시 집을 옮겨 그 옆으로 가게 되었다.

그래서 수경이는 싱가포르에서, 하계동에서, 분당에서, 대치동에서 다시 미국의 세리토스에서 다섯 군데의 초등학교를 다닌 아이가 되고 말았다. 학교를 옮길 때마다 얼마나 정서적으로 불안했을까? 그러나 감사하게도 수경이는 가는 곳마다 반장을 하는 리더십 많은 아이로 자라 주었다.

수경이가 초등학교 1학년 때 학교에서 가훈을 지어 오라고 했던 기억이 난다. 남편과 나는 머리를 맞대고 생각하다가 결국 '수경이를 본받자!' 라고 짓자는 데 의견을 모았다. 모든 일에 자립적이고 책임감이 강하고 절제력이 있는 수경이를 엄마 아빠인 우리가 본받아야 한다고 생각했기 때문이다. 차마 학교에는 내지 못하고 대신 '정직하고 책임감 있는 삶을 살자!' 라고 써서 보냈다.

5학년을 한국에서 마치고 온 수경이는 9월에 새 학년이 시작되는 학제 때문에 6개월을 월반하여 6학년 2학기로 입학했다. "키도 크고 영어도 조금 하니까 괜찮을 거야. 미국 교육은 스트레스 덜 받게 한다니까 문제없을 거야" 하며 등교 첫날의 반응을 보았다. 얼굴이 발그레해서 들어온 수경이는 신이 났다. 수학으로 첫날 기선을 제압했다면서 "애들이 수학을 잘 못해요, 엄마!" 하며 기분이 으쓱으쓱해 있었다.

그 후 중고등학교를 우수한 성적으로 졸업했다. 과외의 필요를 느끼지 않았던 큰아이의 비결은 학교 수업을 굉장히 중요하게 여기고 숙제와 예습, 복습을 철저히 했으며 수업 시간에 진지하게 임했던 자세였다. 그 아이는 늘 지나치게 걱정을 하곤 했다. "엄마, 내가 스페니시 클래스에서 잘할 수 있을까? 이 프로젝트를 선생님이 좋아하실까?" 하며 고민을 많이 하는 편이었다. 난 언제나 "못해도 괜찮아, 최선을 다하면 되지. 걱정하지마!" 하고 미리 위로했고, 결과는 언제나 기대를 초과 달성하는 쪽으로 나왔다.

그런 점은 나를 닮은 것 같다. 대학 입학 결과를 발표하던 날 지레 겁을 먹고 떨어졌다고 두 시간을 혼자 걸어다닌 후 집 밖에서 서성대고 있던 나를 큰오빠가 보고는 "너 붙었어! 너네 학교 가서 확인하자!" 하며 집으로 데리고 들어갔던 것이 생각난다. 시험지 답을 맞힐 때 생각이 안 나면 무조건 틀렸다고 간주하고 말도 안 되는 낮은 점수를 생각하며 울었던 나와 비슷한 점이 많다.

수경이의 착실하고 평범했던 학창 시절이 좀 튀는 생활로 도약할 수 있었던 계기는 '페이지(Page)' 라는 생활을 통해서다.

11학년 때 워싱턴에서 일 년간 미국 국회의사당에 출근하며 국회의원의 심부름을 하면서 그곳에서 학교를 다니는 이 제도는 미래의 지도자를 키우기 위한 지도자 양성 과정이라 해도 과언이 아니다. 10학년의 어느 날 학교 방송에서 들려온 광고에 관심을 갖고 정성껏 서류와 자기소개서를 준비해서 보낸 끝에 캘리포니아 전체에서 두 명이 뽑히게 되었는데 그중 하나가 수경이가 되었다. 매사를 그냥 무심하게 지나치지 않는 그 아이의 성격은 그 후로도 많은 기회를 얻게 되는 중요한 장점이 되었다.

덕분에 우리 가족은 서울에서 오신 어머니와 국회의사당에 들어가서 관광하며 미국 전역에서 뽑혀 온 70여 명의 아이들의 입학식을 볼 수 있었다. 그곳에서 지낸 일 년 동안 월급도 받고 좋은 교사진 밑에서 공부한 경험은 딸아이에게 큰 세계를 볼 수 있는 눈을 열어 준 것 같다. 성숙하고 착실한 수경이는 그곳에서도 도움이 필요한 친구들에게 수학을 가르쳐 주곤 해서 졸업식에서 칭찬을 받아 나를 흐뭇하게 했다.

수경이의 학교 생활 중 제일 속상했던 순간은 아마 대학 합격 발표 때였던 것 같다. 학교 성적도 고등학교 4년(9, 10, 11, 12학년) 전체를 통해 화학 과목에 89.5로 B를 한 번 받은 것을 제외하고는 전부 A를 받았고 SAT 성적도 우수했으므로 우리 모두는 하버드나 예일대학을 꿈꿨다. 게다가 페이지(Page)의 경력이 있지 않은가.

그러나 컴퓨터로 확인한 결과는 모두 낙방이었고 아주 안정권으로 넣었던 버클리와 웰슬리대학에 합격이 된 것이었다. 이럴 수가! 당시 중국 출장 중이던 아빠와의 통화 중에 서럽게 울던 수경이가 얼마나 안쓰럽던지….

나중에 알게 된 사실은 완전 부모 책임! 너무나 여가활동이 부족했다는 것이다. 봉사활동, 특별활동의 경험이 없었기 때문이라는 것이다. 무지한 부모였던 남편과 나는 늘 그랬듯이 혼자 알아서 하겠지 하고는 크게 관심을 보이지 않았다.

그 후 수경이의 입에서 "엄마 아빠, 저는 웹사이트에 들어가서 토론에 참가하고 질문할 때 가끔씩 엄마 아빠가 너무 무심해서 섭섭할 때도 있었어요. 미국 사람들은 다들 엄마 아빠들이 참가하세요"라는 고백이 나왔다. "어머나! 정말 미안해, 수경아. 엄마가 모르면 전문가들의 도움을 받게 했어야 했는데 너무 너에게만 맡겼구나. 너도 아직은 베이비인데, 맘고생 많이 했겠구나."

마음을 다스린 수경이는 경제적인 여유가 되면 웰슬리대학에 가고 싶다는 의견을 냈고, 우린 감사한 마음으로 그곳으로 짐을 싸서 떠났다. 애틋한 마음에 기숙사에 내려놓고 돌아올 때 꽉 껴안아 주다가 그만 울음을 터뜨린 나는 비로소 이제야 하나님께서 왜 그 길만을 열어 주셨는지 밝히 알게 되었다.

웰슬리에서의 3년, 옥스퍼드대학 교환학생으로서의 1년이 수경이를 얼마나 더 성숙하고 리더십 있는 반듯한 아이로 변화시켰는지, 그의 신앙을 얼마나 더 좋게 만들었는지. 특히 웰슬리에서의 생활은 딸아이를 귀티나게 만들었고 좋은 친구 그룹을 만나게 해 주었다. 지금은 "엄마, 나 또 대학 갈 기회가 생긴다면 웰슬리로 갈 거예요!" 하고 웃으며 말한다.

언젠가 '부모님을 위한 날'에 가서 몇 개 클래스에 함께 들어가 수업을 받을 기회가 있었는데, 한국어 중급반에 들어갔을 때 한국 교수님으로부터 작문 실력이 월등하다는 말씀을 들었다. 책 읽기를 좋아하는 딸아이는 영어와 한국어 둘 다 능한 작문 실력을 가지고 있었던 것이다.

대학교 1학년 여름방학 때는 한국에서 두 달 간 국회의사당에서 인턴으로 일했다. 지금은 어떤 정당의 일인자가 된 그분의 사무실에서 탈북자를 위한 프로그램 관련 일을 했고 몽골에서 열린 회의에 참석하기도 했다.

대학교 3학년 때 일 년 동안 옥스퍼드대학에서 교환학생으로 공부하게 되었을 때 그 특이한 공부 방법에 많은 감동을 받았다. 교수와 학생 일대일로 이루어진 방법은 굉장히 인텐시브했고 정치학을 공부한 딸아이는 매주 도서관에서 6권 정도의 두꺼운 책을 빌려다가 읽곤 했던 그 일 년을 인생에서 가장 공부를 많이 한 때로 기억한단다.

수경이를 보러 어느 봄날 나와 작은딸 정화는 런던으로 갔고 나는 그만 눈물을 찍어내고 말았다. 말이 옥스퍼드대학이지 교환학생의 기숙사는 형편없었다. 방에 있는 조그만 세면대에는 찬물, 더운물 수도꼭지가 각각 달라서 두 개를 같이 틀어 놓고 두 손을 재빨리 움직여 물을 반반씩 받아야 따뜻하게 세수를 할 수 있었다. 물을 세면대에 받아서 쓸 수 있는 장치가 없었던 것이다.

웬만한 거리는 버스도 안 타고 걸어 다녔고 물가가 비싸다고 식빵도 싼 것으로 먹고 있는 딸아이를 보고 너무 속이 상했다. "이렇게 살지 않아도 되지 않니?" 하며 화를 내고 말았다. 어쨌든 딸아이는 기쁘게 어려운 길을 선택했고 다시 미국으로 돌아와 마지막 일 년을 보냈다.

졸업식 때는 마그나 쿰 라우데(Magna Cum Laude)라는 이등상을 받아 남편과 나를 뭉클하게 했다. 그 후 액센츄어(Accenture)라는 컨설팅 회사에서 2년 정도 일하고 미리 합격해 놓은 컬럼비아대학 로스쿨을 가게 되었다.

2009년 보스턴의 웰슬리대학 졸업식. 수경아, 축하해!

대학 졸업 후 교회에서 만난 믿음 좋고, 머리 좋고, 핸섬한 청년과 결혼을 하고 지금은 뉴욕에서 공부하고 있다. 내년에는 졸업을 하고, 이미 취직해 놓은 뉴욕에서 톱 스리 안에 드는 유명한 법률회사를 다닐 것이다. 첫 번째로 좋은 곳에는 학점에 B가 있기 때문에 지원 자체도 못했다고 한다.

엄마인 나의 입장은 첫째고 둘째고를 떠나 새벽까지 일하지 않는 좀 편안한 조건의 회사를 택하라고 말했지만 성취욕이 강한 딸아이는 내 말을 듣지 않는다. 그래! 네 맘대로 하렴. 결국 네 인생 네가 사는데…. 믿음 생활과 공부, 사랑이 서로 조화를 이루는 딸아이의 결혼 생활에 엄마인 나는 행복하고 감사할 뿐이다.

작은딸 정화의 이야기를 하자면 목부터 메는 까닭은 무엇일까? 그래, 죄책감. 그것 때문이다.

정화는 남편이 싱가포르 지사에 5년간 있는 동안 그곳의 마운트 엘리자벳 병원에서 1990년 봄에 태어났다. 또 딸을 낳았다는 약간의 미안함이 섞인 나에게 병원 측에서는 큰 원형 테이블에 멋진 샴페인(아이 아빠를 위한 것이었으리라!)을 곁들인 근사한 저녁상을 방으로 갖다 주었다. 바쁜 남편은 저녁시간에 합석하지 못했고 친정엄마와 함께 했다.

정화는 유별나게 엄마를 밝혔다. 내 곁에서 한순간도 떨어지지 않았고, 약한 편이라 잘 아팠다. 큰아이를 친정엄마가 키워주실 때는 잘 안 아팠던 것 같은데. 아무튼 아기를 제대로 키워본 경험이 없는 나는 더운 나라에서 고생을 많이 했다.

아기는 갓 낳았을 때부터 약했다. 병원 출입이 잦았고 생후 9개월 때는 아스마로 병원에 일주일이나 입원한 적도 있다. 그 후로도 툭하면 아이를 안고 병원 가는 일이 많았다. 기침을 한번 시작하면 그치지 않아 폐렴이 될까 늘 걱정하며 다녔다. 난 설사, 구토, 오한, 가래 등 아기의 증상을 설명하는 용어를 영어로 익혔고 아기는 의사와 간호사를 보면 고개를 저으며 "NO!" 하고 울곤 했다.

정화가 겨우 두 살이 된 어느 일요일 아침, 감기로 고생하는 정화를 데리고 병원에 갔다. 그날은 교회에 가지 말고 아픈 아기랑 병원 다녀와서 집에서 쉬라고 하는 남편에게 빌려 온 책을 돌려주겠다며 굳이 교회를 갔다. 병원에 들러 가는 바람에 예배는 이미 끝났고 점심시간이 되어 교회 마당에서 식사를 하게 되었는데, 아장아장 걷고 있는 정화는 내 치마폭에서 칭얼거렸다. 난 "엄마 밥 먹게 저리 가서 놀아!" 하면서 아기를 놀이터 쪽으로 보내고 밥을 먹었다.

그때 놀이터 쪽에서 비명소리가 나면서 어른들이 나에게 소리를 지르며 달려오는 것이었다. "수경 엄마! 정화가 다쳤어요!" 하면서 말이다. 이 글을 쓰는 지금도 내 가슴은 너무 떨리고 또 눈물이 난다. 그렇다. 직무유기! 엄마로서 난 너무 큰 잘못을 저지르고 말았다.

우리 정화는 놀이터로 아장아장 걸어가다 강한 철로 만든 그네에서 놀고 있던 초등학교 2학년짜리 아이가 하늘로 높이 올라갔다가 내려오는 그 그네에 얼굴을 맞아 쓰러졌다. 그 남자아이가 힘껏 하늘까지 올라갔다 내려오는 그 힘에, 그 쇳덩어리 그네에 우리 아이의 막 나기 시작한 다섯 개의 이가 날아갔고 아랫입술이 두 쪽으로 갈라졌으며 피투성이가 되어 의식을 잃고 있었다. 그로부터 5시간이 지나서야 수술을 할 수 있었으니(일요일이라 의사들이 병원에 제대로 없었다.) 각 분야의 전문의사 4명이 달라붙어 대수술을 하고 말았다.

난 그동안 병원의 벽에 머리를 찧으며 울부짖고 있었고 정말 죽고만 싶었다. 이 죄를 어찌하랴! 내 평생 어찌 정화를 볼까!

그날 저녁 목사님과 교인들이 병원으로 오셨고 화를 낼까 걱정했던 남편은 조용히 손님을 맞았다. 그때 난 열심히 하나님께 울며 기도했다. “주님, 정화를 살려 주세요! 정화의 얼굴이 이 일로 인해 미워지지 않게 해 주세요. 주님! 교회에서 다쳤잖아요, 제발 도와주세요!” 하며. 결론부터 말하자면 정화는 아주 예쁘고 사랑스럽게 자랐다. 마음뿐만 아니라 미모까지도!

대수술 후 한 달이 채 안 되어 재수술을 해야 하는 불상사가 일어났다. 남편은 한국 본사로 출장을 갔고, 나는 그 더운 싱가포르 날씨와 싸우며 아기에게 음식을 먹이면서 빨리 수술한 것이 회복되기를 바라고 있었다. 그러나 숟가락으로 음식을 떠먹이던 중 수술한 아랫입술이 오리 입술처럼 갈라지며 두 쪽으로 나누어지는 것을 발견했다. 윗입술이 하나, 아랫입술이 둘이 되었던 것이다.

infection! 감염이 되었던 것이다. 부랴부랴 남편이 돌아오자마자 재수술에 들어갔고, 수술실 밖에서 기다리다 지친 우리는 요기를 하러 병원 밖으로 나갔다.

그런데 돌아와 보니 이미 수술은 끝났고 아기는 회복실에 누워 있었다. 또 한 번 나는 내가 미워지고 말았다. “계속 기다리다가 수술실에서 나오는 아기를 봤어야 할 것 아냐. 먹는 게 뭐가 그리 중요해!” 하며 자신을 질책했다.

나쁜 일은 삼세 번이라 했던가. 그 후 몇 달 후 아파트 수영장에서 아기는 또 턱이 갈라지는 사고를 당하게 되었다. 아빠랑 수경이랑 수영장에서 놀다가 데리러 내려간 나를 보고는 추울까 봐 아기를 통째로 타월로 감아준 아빠가 미처 손을 쓰기도 전에 달려오다가 앞으로 넘어진 것이다. 콘크리트 바닥에 턱이 갈라지며 피가 나와 병원 응급실로 가게 되었고 턱을 꿰매는 수술을 하게 되었다.

1992년은 그렇게 잔인하게 지나갔다. 내 마음에 지워지지 않는 큰 상처를 내고서 말이다. 그네 사건은 우리 정화에게 큰 트라우마를 남겼다. 자다가도 새벽에 일어나 큰 소리로 막 우는 일이 많았다. 신경도 예민해졌고 병원이라면 질색을 했다.

그때 받은 충격으로 이가 나오지 않아 아기 틀니 같은 것을 만들어 주걱턱이 되는 것을 막고, 엑스레이를 찍고 치아의 뿌리가 있는지 확인했다. 다행히도 뿌리는 있었고 나는 늘 마음을 졸이며 정화의 조그만 입을 열고 들여다보고는 했다.

마침내 일곱 살이 되던 해 어느 날 아래 잇몸에서 하얀 조그만 것이 보였을 때 난 무릎을 꿇고 감사의 눈물을 흘리고 말았다.

"주님! 감사합니다. 정화에게 이를 주셔서 감사합니다!"

그 이후 지금까지도 나는 정화에게 사과를 통째로 못 먹게 한다. 이가 약하기 때문이다. 한국에서도 소아치과, 미국에서도 소아치과, 치아교정 전문 클리닉 등 많은 치과를 다녔고 그때마다 그 사건을 설명해야 했는데, 눈물 없이는 얘기할 수 없어서 의사선생님들을 당혹스럽게 했다.

정화는 너무 사랑스럽고 정이 많으며, 애교 또한 철철 넘치는 수줍음을 잘 타는 아이다. 애들 아빠는 그저 눈에 넣어도 아프지 않다며 지금도 가슴을 저려하며 예뻐한다. 싱가포르에서 유아원에 다닐 때 한번은 몰래 방문한 적이 있는데, 말도 안 통하는 그곳에서 아픈 아이를 잘 보살펴주는 아이로 인정받고 있었다. 아팠던 아이가 아픔을 이해하나 보다 하는 마음이 들어 안쓰럽기도 했고 감사하기도 했다.

정화는 굉장히 영민하고 센스가 남달랐다. 대치동 시댁에 살 때 한번은 산보를 나가셨던 시아버님께서 금방 돌아오셨다. 그때 1학년이었던 정화는 재빨리 할아버지 옷장으로 가서 장갑과 목도리를 갖다 드리면서 "이것 때문에 오셨지요?" 하는 것이 아닌가. 아버님은 웃으시면서 "그래, 맞다! 정화가 최고다!" 하며 다시 나가셨다.

분당에서 친정엄마랑 바로 옆집에 살 때도 "암미!(아기 때 '할머니' 발음이 어려워 큰딸 수경이는 늘 '암미' 라고 부르곤 했는데 정화도, 지금 수경이의 신랑도 우리 엄마를 할머니 대신 '암미' 라 부른다.)

이 꽃 언제 샀어요? 암미! 머리 잘랐어요?" 하며 작은 변화도 늘 눈치채곤 했다.

언니가 지나친 모범생인 탓에 정화는 언니랑 다르고 싶어 했다. "엄마! 난 언니처럼 공부 열심히 하지 않을래요. 재미없어!"라고 말하곤 했다. 나도 정화는 그렇게 키우고 싶었다. 좀 덜 모범생이어도 괜찮아. 인생을 재밌게, 멋지게 사는 방법은 많으니까.

공부를 열심히 하지도 않은 것 같은데 보스턴 칼리지에 합격했을 때 우린 뛸 듯이 기뻐했다. "우리 베비, 공부 조금만 열심히 했으면 어디든지 갈 수 있었겠네!" 하면서 말이다.

졸업식 때 언니처럼 마그나 쿰 라우데를 받았을 때 남편과 나는 기뻐서 어쩔 줄 몰랐다. 전혀 기대하지 않았는데, 깜찍한 것 같으니라고!

정화도 대학 3학년 때 UCL(University College London)이라는 영국 런던에 있는 대학에서 한 학기 동안 교환학생으로 공부했다. 미국에서 영국의 기숙사로 혼자 보낼 때 큰아이 때와는 달리 마음이 불안했다. 베비 같은 둘째가 삭막하고 바쁜 영국 생활을 잘 견딜 수 있을까 걱정하고 있을 즈음 새벽 3시에 전화를 해 우는 것이 아닌가!

"엄마! 기숙사에 도착했는데 오는 택시 안에서 여권을 잃어

버렸어요! 학과목 신청도 못한대요, 여권이 없으면….”

너무 한심하고 놀랐지만 위로하는 수밖에 없어서 괜찮다며 잘 될 거라고 빨리 대사관에 가서 여권 재발급 신청을 하라고 말하는 내게 “엄마는 이런 일이 한 번도 없었지요? 여권 잃어버려 봤어요?” 하며 서럽게 울고 있었다. 아! 내 사랑스런 딸아! 당장 학교를 쉬고 런던으로 가서 일을 같이 수습하고 싶었지만 현실이 허락하지 않아 며칠 동안 전화에만 매달렸던 생각이 난다.

기숙사 아침이 싫기도 하고 늦게 일어나서 아침 식사 시간을 놓치곤 했던 아이는 ‘서브웨이’라는 샌드위치 가게에서 그날의 특선 메뉴인 가장 싼 샌드위치를 매일 아침 먹곤 했다. 안 그래도 한식을 좋아하는 아이는 지금도 샌드위치라면 고개를 돌린다.

큰아이와는 달리 작은아이는 졸업 후 뚜렷하게 뭘 해야겠다고 결정을 내리지 못했다. 나의 권유로 심리학을 공부한 아이는 공부는 재미있게 했는데(심리학 자체는 굉장히 흥미로운 학문이 아닌가.) 졸업하고 취업을 할 때는 직장 구하기가 힘들어 애를 많이 썼다.

미국 경기가 좋지 않은 이유가 결정적이기도 하지만 경제학이나 컴퓨터, 회계학 등을 공부한 친구들은 그래도 취직이 되었는데 정화는 나중까지 인터뷰를 하러 다니며 고생했다. 전공 탓이라는 것을 알고는 많이 속상해 했다. 총체적 교육 현실을 한탄하며 말이다.

사실 고등학교 때까지 일반 기초 과목들을 공부하느라 전문지식을 쌓을 기회가 없는 학생들이 대학에서 순수학문을 공부하는 것이 인생에 있어서 얼마나 값진 재산인가! 그 고귀한 학문을 배운 후 직장을 잡고자 할 때는 그 지식이 너무 뒷전이 되어 버리는 것이 슬픈 현실이다.

사람을 채용하는 회사 입장에서는 이미 그 계통에 충분한 지식이 있는 아이들을 뽑는 것이 이해는 되지만, 순수학문을 공부한 많은 아이들을 위한 제도적 뒷받침이 필요하다는 생각도 든다.

대학 4학년 때 딸아이는 10년 이상을 공부해야 어렵게 심리학 교수가 된다는 사실을 알고는 취업을 결심하고 회계학, 경제학 등을 수강하는 등 애를 썼지만 취업 때는 결국 전공을 따지더라는 것이다.

졸업 후 로스엔젤레스로 돌아와서 쉬면서 직장을 알아볼까 고민하는 딸에게 남편과 나는 어떻게든 그곳 보스턴에서 직장을 잡고 일하다가 로스엔젤레스로 오는 것이 더 좋겠다며 설득했다. 로스엔젤레스 쪽 사정은 더욱 나쁘다고 들었기 때문이다.

여러 번의 낙방을 거쳐 미국에서 가장 큰 보험회사 중 하나에 들어가게 되었을 때 우리는 무척 기뻤다. 본인은 썩 마음에 들어 하지 않았지만 일단 경험을 쌓고 일이 마음에 안 들면 다른 곳을 알아보는 것이 순서라고 설득하고 아파트를 얻어 주었다. 그 추운 곳에서 8개월 정도를 보내다가 이곳 로스엔젤레스에서 일을 찾아 지금은 내 곁에서 행복하게 직장을 다니고 있다.

남편과 나는 싹싹하고 영리하며 비즈니스 감각이 있는 작은아이에게 대학원에서 MBA(경영학 석사)를 해 더 자신을 키운 후 직장 생활로 돌아가라고 권하고 있다.

많지도 않은 두 딸을 키우면서 느낀 점은 아이마다 어쩌면 이렇게 다를까 하는 것이다. 먹고 입는 것에 대한 기호가 다른 것은 물론이고 공부하는 스타일도 달라 재미있기도 하고 힘들어 했던 것도 사실이다.

나 자신이 중학교 때 공부를 열심히 해 봐서 보통의 머리를 가진 사람들에게 있어서 공부를 지나치게 열심히 하고 그 성적을 유지하고자 하는 것이 얼마나 피곤한 일인지 잘 안다. 그래서 두 딸에게는 공부에 깊이 관여하지 않았다. 더구나 난 나대로 미국 생활에서 어렵게 공부해 가며 학교에서 아이들을 가르치느라 벅찼던 탓도 있었으리라.

과외공부도 많이 시키지 않았다. 비싼 과외를 시키면 나도 모르

항상 즐거운 우리 가족

게 애들을 볶아댈 것 같아서 겁도 났다. 큰아이는 워싱턴에서 페이지 프로그램을 끝내고 돌아온 12학년 때 화학이 어렵다고 해서 두 시간씩 세 번 개인 과외를 한 것이 전부이고, 작은아이는 수학을 싫어하고 어려워했으므로 힘들어 할 때마다 수학 과외를 시켰다. 그리고 화학 과목을 힘들어 해 몇 달 도움을 받았다.

그 후 11학년이 끝난 여름에 두 달 동안 SAT 학원을 다녔다. 여름방학이 긴 미국은 10학년 혹은 11학년이 끝난 여름 SAT 학원에 두 달 정도 집중적으로 다니게 하는 경우가 많은데 가격이 비싼 것이 흠이다.

아이가 주도적으로 계획을 세워 가며 공부하는 아이인지, 부족한 과목은 도움을 받아야 하는 아이인지를 부모가 판단하여 때에 맞춰 조치를 취해 주는 것이 부모의 역할이라고 생각한다.

아이들의 교육에 있어 무엇보다 중요한 것은 어려서부터 아이에게 책임감 있는 생활 습관을 키워 주는 것이다. 책임 있는 선택과 선택에는 반드시 그에 상응하는 결과가 따른다는 것을 알고 자란 아이는 반드시 최선을 다하게 되고 밝은 미래가 보장된다는 것이 내 생각이다.

그래서 아이들을 가르치는 현장에서 늘 '좋은 선택' 을 하라고 외치며 '책임감 있는 아이' 가 되라고 가르친다. 다른 사람의 탓으로 돌리지 말고 늘 내 일은 내가 챙겨야 한다고 강조하는 덕분에 우리 반 꼬마들은 다른 반 아이들보다 성숙하고 매너가 있는 편이다.

두 딸을 다 키우고 난 지금 혹시라도 다시 아기를 키울 기회가 생긴다면 난 그들의 질풍노도 같은 사춘기를 잘 이해하는 데 정성을 쏟는 엄마가 되고 싶다.

바른말과 훈계로 점점 사이만 멀어지기보다는 좀 더 쿨한 엄마로 자신도 제어하기 힘든 그 감정의 파도를 같이 타고 가는 친구 같은 엄마로 곁에 있어 주고 싶다.

자랑스런 시댁 형님들과 막내동서

이북에서 내려오신 부모님 슬하에서 단출하게 살아온 나는 친척이라고는 아버지의 동생이신 작은아버지 두 분(지금은 한 분만 살아계신다.)이 전부였다.

결혼해서 가장 먼저 놀란 일은 5남1녀의 장남이신 시아버님과 2남5녀의 다섯 째셨던 시어머님을 둘러싼 친척들의 숫자였다. 외워도 외워도 혼동되었고 아버님 쪽 친척인지 어머님 쪽 친척인지 분간을 잘 못해서 어머님께서 한심해하셨던 기억이 난다.

어머님께서는 딸 둘, 그 밑으로 아들 다섯을 낳으셨고 남편은 아들로는 넷째, 형제들 전체로는 여섯 번째로 거의 막내에 가까운 서열이다.

결혼 초에는 형제들의 우애를 강조하셨던 어머님 덕분에 우리는 열심히 모였다. 큰일이나 명절 때면 종손이신 아버님을 뵈러 오는 친척분들이 많았고 우리 가족만 7형제 부부와 부모님, 조카들을 합치면 이삼십 명은 쉽게 넘었다.

어머님께서는 예절을 중요하게 여기셨고 항상 음식을 많이 차려야 한다고 강조하셔서 큰형님과 작은형님은 무슨 때가 되면 부엌에서 헤어나질 못하셨다. 나는 회사를 다녔기에 늘 늦게 가곤 해서 두 형님께 무척 죄송했다.

내과의사인 막내동서는 나보다 더 바빴지만 최선을 다해 시댁 일에 참석했다. 지금 생각하면 두 형님들, 일하느라 힘드셨을 텐데 늦게 나타나는 우리 두 막내들에게 싫은 소리 한번 안 하시고 늘 따뜻하게 대해 주신 것 감사하기만 하다.

시어머님 눈치 보느라 부엌에서 친해진 우리는 지금 아주 가까운 사이가 되었다. 30년 이상 오랜 세월을 집안의 대소사를 겪으며 함께 기뻐하고 슬퍼했던 우리가 아닌가.

지금도 한국에 갈 때마다 시댁 형님들과 동서와 좋은 곳에 가서 마음 터놓고 서로를 위로하고 북돋아 주는 아름다운 시간을 갖는다.

자랑스런 시댁 형님들과 막내동서

원래 시댁 식구들은 어렵기 마련인데
우리는 오랜 동료의식(?)으로 아주 친해졌고
무엇보다 성격 좋으신 큰언니 같은 큰형님 덕분에 잘 뭉치고
그리워하는 사이가 되었다.
게다가 바쁜 가운데에도 계획성과 행동력을 겸비한
막내동서 덕분에 여자들끼리 1박2일 여행도
몇 번 다녀오기도 했다.
위로 계신 두 누님은 나와 남편에게
늘 다정하게 대해 주시고 기도해 주신다.
시댁 부모님이 다 돌아가신 지금은
어머님의 모습을 많이 갖고 계신 두 누님들에게
잘해 드리고 싶다.
나이 차이가 15년 이상이나 되지만
한 번도 엄한 시누이 노릇을 한 적이 없는 좋은 분들이다.
나는 그냥 두 분께 내가 할 수 있는 부분만 한다.
가끔 전화 드려서 아이들 자라는 이야기,
남편의 근황과 내 이야기를 해 드리면 기뻐하신다.
벌써 일흔이 넘은 우리 집안의 최고참인 두 형님께서
건강하게 오래오래 사셨으면 좋겠다.

소중한 친구들

나는 친구들이 많은데, 나이 들수록
친구들이 더 소중해지고 그들 때문에 더 행복해진다.
친구들 그룹도 다양해서 중학교 동창,
대학 친구들(학생회 친구들, 학과 친구들), 직장 친구들,
싱가포르에서 만난 대학 선배들,
그리고 미국에 와서 10년 이상 사귄 친구 그룹이 있다.
한번 한국에 나가면 얼추 30명 정도를 만나고 오는 바람에
살이 통통하게 쪄서 오고는 한다.
내가 생각해도 난 사람과 잘 친해지는
사교적인 스타일인 것 같다.

각 사람들의 좋은 점을 잘 알아보는 재주(?)가 있는데
그 점이 내게 질적으로나 양적으로나
풍성한 친구 그룹을 갖게 해 준 것 같다.
중학교 친구 두 명과는 지금도
'베프' 관계를 유지하고 있다.
그중 정현이와는 정말 못할 말이 없을 정도로 가깝고
기도 부탁을 하는 깊은 관계다.
우리 딸들은 내가 여자 형제가 없으므로 친이모는 없지만
나의 친한 친구들을 이모로 부르는 특권을 갖고 있다.
대학교 때 스터디 그룹이라는 명목으로 경양식집에 모여
'심리학개론(Introduction to Psychology)'을
공부했던 여섯 명의 극성쟁이들은
캐나다, 미국, 호주, 한국에 흩어져 살고 있지만
지금도 몇 년에 한 번씩은 만나며 수시로
'카톡'을 주고받는 절친한 관계다.
그들과 대학교 때 거제도에 놀러간 일은
지금도 기억에 생생하다.
재주 많으신 경희 엄마가
우리에게 하늘색과 하얀색 줄이 있는 천으로

셔츠를 만들어 주셔서 유니폼 삼아 입고
거제도에 며칠 놀러 갔었다.
마침 우리가 가기 직전에 태풍이 불어와
물에 들어가서 놀고 온 우리 발바닥은
바람에 밀려와 물속에 숨어 있던 뾰족뾰족한 돌들에 찔려
피가 나고 상처투성이가 되었다.
우리는 '영광의 상처' 라고 부르며
빨간약을 발바닥 전체에 바르고 법석을 떨었었다.
그래도 우리는 웃음이 나왔고 즐겁기만 했다.
그리고 그날 밤 민박집 옆방에서 두런두런 들려오는
남자들의 목소리에 우리 말괄량이들은
문잠금 장치가 없는 그 방이 불안하다고 하며
문고리를 돌아가며 잡고 보초를 서야 한다고 제의했고,
재치 있는 경주가 저 사람들이 도리어 우리가 무서워서
공포에 떨고 있을 거라고 걱정하지 말라고 해
폭소가 터졌던 것이 생각난다.
그 후에도 이 친구들과는
엄한 아버지 밑에서 몰래몰래 짧은 여행을 다녔다.
여행을 할 때마다

일찍 자고 일찍 일어나는 아침형 인간인 나는
수다가 무르익는 밤이면 언제나 꾸벅꾸벅 졸다가 잠이 들고는
다들 자고 있는 아침에 일찍 일어나
배고파하고는 했다.
우리 그룹의 왕언니 격인 현주는
늘 깨알 같은 글씨로 메모를 해서
누구는 뭘 가져오고 누구는 뭘 사오고 하며
총체적인 지휘를 했다.
'기계 최' 로 불리던 혜란이는 뭐든 고장이 나면
늘 머리를 써서 감쪽같이 고치곤 했고,
나에게는 늘 쉬운 일들이 주어졌다.
이젠 제법 스케일이 커져 뉴욕에서, 캐나다에서 만나며
서로를 그리워한다.
이 그룹은 '자기실현' 욕구가 분명한
극성스런 개체들의 모임이라는 점과 구성원들이
지나치리만큼 솔직히 자신을 드러내는 특징이 있다.
서로 처한 현실은 다르지만 틈만 나면
자신의 최근 상황을 알리고 좋은 일엔 같이 웃고
힘든 일엔 같이 아파하고 걱정해 주는 귀한 친구들이다.

대학교 때의 또 한 그룹은 '학생회' 그룹인데
우리 학년과 한 학년 아래 아이들과 친했었다.
간부 수련회란 명목으로 MT를 가곤 했는데
특징은 절대 군더더기가 없다는 점이다.
'몇 달 후 어디서 만나 떠난다' 하면
휴대전화와 카톡이 없던 이유도 있었지만
사전에 또 연락하고 확인하는 일 없이 당일 날 '짠' 하고
다 나타나는 놀라운 책임감과 행동력이 있는 그룹이다.
구성원 모두 교사들이니 만큼 조신하고 모범적이다.
그들과의 여행 중 기억에 남는 것은 대학 4학년 때
춘천 산정호수에서 한밤중에 별을 보며 수영을 했던 것이다.
그 여름, 한 모텔 수영장에서
패티김의 '가을을 남기고 떠난 사랑' 을 부르며
수영을 하고 있었는데, 그때 누워서 별을 보고 물에 떠다니며
'내가 30대, 40대엔 무얼 하고 있을까?' 하며
결정되지 않은 나의 미래에 대해 궁금해했었다.
지금도 한국에 갈 때마다 꼭 몇 번씩 만나서
서로를 격려하고 용기를 주고는 한다.
이제는 교사 퇴직을 하고 배우고 싶은 것 배우고

가보고 싶은 곳 다니면서 자신을 맘껏 즐기는 이 그룹은
절대 흐트러짐 없는 얌전한 아줌마들이다.
또 빼놓을 수 없는 친구 집단은
대학 졸업 후 5년간 몸담았던 회사 친구들이다.
그중 두 명은 대학 동기들로 우리 셋은 지금도 모여
교회 얘기, 아이들 얘기 등을 하며
하나님을 기쁘시게 하며 살자고 다짐한다.
그 친구들 외에도 직장을 통해 얻은
몇몇 선배님들과는 지금도 진지하고 귀한 만남을 갖고 있다.
지금 생각해 보면 나의 전성기는
중학교 때, 대학교 때, 첫 직장 생활 5년간이었는데
그때 만난 사람들과는 지금도 소중한 모임을 이어가고 있다.
서로 완전하지 못한 사람들이 힘든 한 세상 살아갈 때
서로에게 힘을 주고 도움을 받는 것처럼
값진 것이 어디 있으랴!
16년 전 미국에 올 때는 정든 친구들을 두고 와
외로울 것이라고 생각했었다.
그러나 남편 덕분에 자주 한국에 나갈 수 있어
친구들과의 우정은 그대로 유지하고 덤으로

이곳 16년 동안의 교회 생활을 통해서
두 명의 믿음의 친구(동갑내기들로 그중 한 명은 고교 동창이다.
학교 때는 몰랐다가 이곳에서 교회 아이들을 가르치다 만났다.)를
얻게 되었다.
남편과 떨어져 살아온 그 긴 세월을
이 지독한 믿음의 두 친구들 덕분에 곁길로 가지 않고
온전히 주님과 가까이 하는 삶을 살 수 있었던 것을
진심으로 감사한다.
처음에는 너무 지루한 '예수쟁이' 모임으로 생각되었던
이 만남이 지금은 '힘'을 주는 감사한 만남으로
늘 기다려지는 시간이 되었다.
쉽게 끊어지지 않는 삼겹 줄이 되자고 다짐하곤 하는
이 소중한 두 친구는 내가 다니는 학교에도 와서
학교 스케줄이 여유가 있는 학기 말에는 일주일에 한 번씩
'음악'과 '만들기' 등을 학생들에게 가르쳐 주며
이웃사랑을 실천하는 신실한 친구들이다.
또한 빠질 수 없는 진귀한 친구는 나의 작은엄마다.
현재 유일하게 살아 계신 작은삼촌의 부인으로
나와는 13살 차이가 나는 작은엄마는

내가 고등학교 3학년 때 결혼하셨고
나는 그때 결혼식에서 피아노를 연주했다.
그 후 내 대학생활의 카운슬러이자 남자친구에 대한 조언자이자,
지금까지 나의 인생의 닮고 싶은 모델로서의
역할을 하고 계신 작은엄마는 나의 영원한 친구이자 언니다.
남편이 모스크바 지사에 있었던 어느 여름,
남편한테 가 있으라고 한국에서 오셔서
고등학생이던 작은딸 정화를 한 달간 봐주셨고,
힘든 일이 있을 때마다 주저하지 않고
도움을 청하는 나의 뻔뻔함을
늘 웃으며 받아 주시는 무한한 사랑의 원천이신 분이다.
남편이 한국 본사로 발령을 받은 작년 봄에
임시로 얻은 아파트에 놓을 가구 때문에 걱정하는 내게
날카로운 눈썰미로 아파트 밑에 버리려고 놓아 둔
가구들을 발견해 용달차를 불러 싣고 오신 작은엄마!
감사합니다! 사랑합니다!!
나의 뒤에 숨어 계신 두 분,
엄마와 작은엄마!
저는 평생 빚진 자입니다.

앞으로 하고 싶은 일들

나는 쥐띠다.

먹을 것이 풍성한 어느 가을날 새벽에 태어난 가을 쥐띠다.

새벽에 태어났으니 날이 밝기 전에 빨리 음식을 훔쳐 먹고

주인 몰래 도망해야 하는 신세라서 그럴까?

난 늘 아침을 서서 먹게 된다.

시댁에 있었던 2년 동안은 아침을 차려 드리고

회사에 가느라 시간이 없어서

부엌에서 왔다 갔다 하며 대충 먹었고,

미국에서는 아침에 학교 가기 전에

도시락(밥, 빵 또는 스파게티 등)을 싸놓고

과일을 깎아서 스낵으로 가져가느라
부엌에서 아침을 서서 먹고 있다.
직장에 다니는 작은아이와
같이 사는 지금은
아침에 과일 주스까지 만들어 먹이느라
짧은 아침 시간의 부엌은 전쟁터를 방불케 한다.
정말 바빠서 아플 틈이 없는 갱년기 아줌마다.

아주 가까운 장래에 하고 싶은 일이 몇 가지 있는데,
그중 하나는 느긋하게 앉아서 아침을 먹는 것이다.
일을 그만두고 나면 할 수 있겠지 하고 생각하지만
글쎄… 그때 가면 또 무슨 이유가 생길지….
둘째는 남편과 손을 잡고 여행 다니는 것이다.
한국의 곳곳을 찾아다니며 즐기는 여유를 부리고 싶다.
결혼 생활 30년간 정말 바쁘게 산 내 사랑하는 반쪽과
오순도순 얘기하면서 말이다.
'자기도 바쁘게 살았지만 나도 바빴다구요!' 하며
이제는 떨어져 지내지 말고 꼭 붙어 다니자고 말할 것이다.

셋째는 남에게 도움이 되는 삶을 사는 것이다.

정신적 물질적으로 작으나마 도움을 주며 살고 싶다.

큰 호강은 누리지 못했지만 속썩이지 않는 남편과

두 딸에게 고마운 마음과

분에 넘치는 일을 갖게 된 행운을,

이제는 '나눔' 으로써 감사의 뜻을 표현하고 싶은 것이다.

그리고 그 동안 너무 바쁘게 살아왔기 때문에

이제는 나 자신에게도,

남에게도 여유를 부리며 살고 싶다.

몇 주 전에 말씀하신

미국 목사님의 "It's okay not to be okay."

(오케이가 아닌 삶도 괜찮습니다.)란 표현처럼

실수 안하려고,

시간을 최대한 효과적으로 쓰려고,

눈에 띄게 생산적인 태도로 살려고 애쓰고 싶지 않다.

이제는 긴장의 끈을 늦추고
그동안 보지 못했던 다른 것들을 볼 수 있는
삶을 즐기고 싶다.
말도 적게 하고,
나에겐 어울릴 것 같지 않던 사색도 하고,
책도 많이 읽고,
취미 생활도 하며 살고 싶다.
나는 기타를 배우고 싶었다.
무겁고 부피 큰 피아노보다
들고 다닐 수 있고 소리가 은은한 기타가 좋았다.
지금도 기타를 배우기에 늦지는 않았겠지?
아무튼 앞으로 내가 무엇을 정말로 하고 싶은지
알 수 있는 시간을 갖고 싶다.
이 꽉 짜여진 틀에서 벗어나서 말이다!

글을 마치며

'드디어 해냈구나!' 졸작이지만 글을 맺고 나니 시원하다.
몇 년 전부터 남편은 늘,
"정희야, 책 한 권 써야지?" 하며 졸라대곤 했다.
남들이 "왜 와이프는 옆에 없어요?" 하고 물을 때마다
"미국에서 일해요. 학교 선생님이에요!" 한단다.
그러면 "주말 한글학교에서 가르치나 봐요?
빨리 그만두고 오시면 좋을 텐데…" 한단다.
그럴 때마다 "미국 공립학교 교사예요" 하면
"미국 유학 경험도 없이요?" 하고 반문한단다.
그래서 "정희야, 완전하지 않은 영어로
어떻게 교사가 되어 아직도 쫓겨나지 않고
12년간 아이들을 가르치고 있는지 책으로 좀 써봐!" 하며
권하기를 반복했고,
나는 처음에는 "아유, 책은 아무나 쓰나…" 하며
손사래를 쳤지만
끈질긴 남편의 권유에 슬그머니
"그래, 내가 실수담이 많지. 혼자 간직하기엔 너무 아깝지"
하며 여러분과 공유하고 싶은 생각이 들었다.

지난 몇 개월은 나의 바빴던

54세의 삶을 돌아본 의미 있는 시간이었다.

이 책은 낯설고 물선 미국 땅에서

제한된 영어로 교사가 되기까지의 과정과

실수담만 쓰고 싶어 했던 처음의 의도와는 달리

쓰는 김에 나의 전반적인 삶을 돌아보는

총체적인 'My Life' 를 기술하는 책이 되고 말았다.

과거는 아름답다고 하지 않았던가.

지금 생각해 보면 모든 것이 다 할만 했고

다 운이 좋게 지나간 것 같다.

서정주 시인의 '국화 옆에서' 에 나오는

'인제는 거울 앞에 선 내 누님같이 생긴 꽃' 처럼

이제는 여유를 찾고 싶다.

바쁜 것 다 내려놓고

'이제는 나무 밑에서 노래하는 베짱이처럼'

좀 천천히 살아가야지.

좀 느긋하게 주변을 돌아보며 즐겨야지.

부족한 내 글을 읽어 주신 독자들께

감사의 말씀을 드리며 격려와 질책을 부탁드리고 싶다.